KB121635

하느님의 입김

하느님의 입김

작고 작은 것들을 찾아가는 탁동철과 아이들의 노래

탁동철 씀

양철북

"보지 못하고, 듣지 못하고, 만지지 못해도
어딘가에 있는 것, 그건 뭘까?"

"공기"

"자신"

"마음"

"솔직"

눈 코 입 가렸던 것을 하나씩 벗으며 다시 물었다.

"보려 하면 보이는 것은?"
"들으려 하면 들리는 것은?"
"맡으려 하면 맡을 수 있는 것은?"
"만지려 하면 만질 수 있는 것은?"

아이들이 마구 대답한다.

"하늘."
"전봇대."
"바람 소리."
"개가 눈 똥에서 올라오는 김 냄새."

•

•

•

작고 작은 것들을 찾아가는 탁동철과 아이들의 노래

차례

하나

둘

셋

하나

선행상

교무실에서 연락이 왔다.

어린이날을 맞이하여 선행상을 준다고, 반에서 한 명을 추천하라 한다. 누굴 뽑지? 아이들한테 물어볼까? 물어보면 서로서로 누가 착하다고 말을 할 텐데, 그럼 칭찬받은 사람을 뽑아야 하는 건지, 칭찬한 사람을 뽑아야 하는 건지. 칭찬받는 사람보다는 칭찬을 하는 사람이 더 훌륭한 것 아닐까. 우리 반은 다 착한 것 같은데, 어떻게 한 명을 뽑으란 말이냐. 에이, 왜 하필 착한 애들만 모여 있는 교실 담임을 맡아서 이 고생인지. 투덜거리며 〈교실 일기〉 공책을 폈다.

"기록에 없는 것은 세상에 없었던 일. 여기에 적혀 있는 대로 뽑을게."

모두 좋다고 찬성했다. 누구든지 본 대로 들은 대로 〈교실 일기〉 공책에 쓰라고 3월 첫날 얘기했으니, 여기에 적힌 대로 뽑는 게 공평할 것 같다. 칭찬받은 사람 한 표, 남을 칭찬한 사람도 한 표씩 줘서 표를 가장 많이 받은 사람을 뽑기로 했다. 〈교실 일기〉 첫 장을 읽었다.

> 배창식이가 수돗가 앞에서 욕을 했다. 머냐면은 야 시발아라고 했다. (3.12 정윤정)

"이야! 이거 욕 잘했으니까 칭찬 맞네. 창식이 한 표!"
칠판에 '배창식' 이름을 쓰고 이름 옆에 '1'이라 표시했다.
아이들이 그게 어떻게 칭찬이냐고 따진다. 칭찬 아니라 한다. 할 수 없이 칠판에 썼던 걸 다시 지웠다. 기뻐하던 창식이도 웃음을 멈추었다.

> 사람 몸 그리기를 했다. 그런데 색칠을 하면 할수록 이상해진다. 하지만 선생님이 화를 안 내셔서 안심했다. (3.18 우소연)

"이거 화를 안 냈으니까 칭찬 맞지?"
칭찬 맞다고 한다. 그래서 칭찬을 받은 '탁동철 1표', 칭찬을 한 '우소연 1표' 이렇게 되었다.

> 아침에 만나자마자 "샘, 해바라기가 나왔어요!" 소리치는 창식이. 심은 지 하루 만에 나오는 싹이 어디 있나. 그래도 관심을 가지고 하는 말이니 반갑다. (3.18 탁동철)

"이건 창식이가 해바라기씨에 관심을 가지고 있다는 거니까 칭찬 맞지?"
칭찬 맞다고 한다. 그래서 창식이 1표, 나도 1표가 되었다. 우히히, 나는 벌써 2표.

배창식이가 윤정이를 세게 밀쳤다. 그래서 윤정이가 넘어져서 울었다. (3.26 우소연)

"세게 밀었대. 그러니까 칭찬?"

칭찬 아니라 한다. 계속 읽었다.

책가방 안 가지고 온 것도 칭찬 아니고, 옆구리에 물 풍선 던진 것도 칭찬 아니고, 바보 멍충이라 놀린 것도 칭찬 아니고, 똥쟁이라 놀린 것도 칭찬 아니고, 이러고 보니 일기장에 칭찬은 거의 없다. 남의 잘못만 넘치는 일기장이다.

아, 있다.

벚꽃나무에 봉오리가 나왔어요. 골목길에. (1학년 전린)

1학년 아이가 언제 우리 교실에 와서 이걸 적어 놓았는지 모르겠다.

"골목길을 환하게 해 주었으니까 칭찬 맞지?"

칭찬 맞다고 한다. 그래서 전린 1표, 벚나무 1표다. 벚나무도 상을 줄 거냐고 묻는다. 당연히, 뽑히면 받아야지. 그리고 4월 15일에 학교 닭장에 수탉이 멋있다고 쓴 준용이도 1표, 수탉도 1표.

국어에서 자세하기 쓰기와 끊어 쓰기를 하였다. 끊어 쓰기는 어

려웠지만 선생님이 예를 들어서 되게 쉬웠다. (4.10 권은지)

"우하하하 나는 또 한 표다. 탁동철 한 표, 은지도 한 표."

오늘 밥을 먹는데 내가 싫어하는 가지가 나왔다. 나는 먹기 싫었는데 영양사 선생님이 먹으라고 했다. 그래서 나는 징징대며 먹지 않았다. 근데 윤정이가 나를 툭툭 쳐서 돌아봤더니 윤정이가 나를 보며 "은지야, 가지는 맛있고 건강에도 좋으니까 먹어야 돼. 파이팅!!"이라고 해서 먹었다. 윤정이가 내 가지를 먹게 도와줘서 칭찬하고 싶다. (4.22 권은지)

"칭찬을 한 은지 한 표, 가지를 먹게 해 준 윤정이도 한 표."
교실 일기 끝. 칠판에 있는 칭찬 숫자를 계산한 결과 이렇게 나왔다.
탁동철 3표, 권은지 2표, 배창식 1표, 전린 1표, 벚나무 1표, 엄준용 1표, 수탉 1표, 우소연 1표.
이래서 어린이날 선행상은 무려 3표나 얻은 '탁동철'이 받는 걸로 결정이 났다. 내 이름에 크게 동그라미를 친 뒤 오늘 선행상 뽑기 투표를 마쳤다. 짝짝짝짝. 그런데 나만 기쁜가? 아이들 얼굴 표정이 별로다.
소연이가 앞으로 나오더니 손바닥을 척 내민다. 아침에 자기가 준 마이쮸 과자 도로 내놓으라 한다.
"아니, 벌써 배 속에 들어간 걸 어떻게 내놔?"

"어쨌든 내놓으란 말이에요."

"가위로 배를 갈라?"

지연이가

"저 내일 사탕 가져올 건데 선생님만 안 줄 거예요."

'사탕이냐, 선행상이냐…….'

"에잇, 선행상 포기다."

칠판에 있는 내 이름을 지웠다.

"됐지?"

그래서 가위로 배를 안 갈라도 되고, 내일 사탕도 받아먹기로 했다. 우리 반 선행상은 나 말고 다른 사람이 받기로 했다.

교실 정리하고 인사하고 하루 공부 마쳤다. 이제 집에 가야 하는데, 그런데 아이들이 집에 안 간다. 〈교실 일기〉 공책에 몰려들어 뭘 자꾸 적고 있다.

"야, 이제 다 끝났어. 지금 적는 건 소용없는 거 알지?"

말려도 안 듣는다. 아이들이 집에 간 뒤 〈교실 일기〉 공책을 펴서 읽었다. 남의 잘못만 넘치던 일기장에 칭찬이 넘친다.

- 엄준용이 꽃한테 미안하다고 했다. (배창식)

- 소연이가 비틀즈를 줘서 칭찬하고 싶다. 그리고 배창식이 오늘 욕과 장난을 많이 안 쳐서 칭찬하고 싶다. (최지연)

- 소연이가 비뜰지를 친구들과 나한테 줬다. (정윤정)

- 우리 반 창문 앞에 놓여있는 배추꽃이 내가 좋아하는 색으로 피워조서 칭찬하고 싶다. (권은지)

- 영산홍이 분홍 빨강색으로 피어있다. 너무나도 예쁘게 피어있어 칭찬하고 싶다. (권은지)

- 우리 학교 닭은 아침뿐만 아니라 저녁이나 쉬는 시간에도 운다. 꼭 아침에 들을 수 있는 것이 아니다. 그래서 아침에 일찍 안 와도 닭의 "까끼오 꼬꼬꼬" 소리를 들을 수 있다. 닭아, 내가 아침 일찍 안 오게 해주어서 고마워. (권은지)

- 선생님이 신문을 잘 만들어주어서 좋다. (권은지)

- 선생님이 줄무늬 옷을 입고 와서 너무 예뻤다. (권은지)

- 오늘 아침에 선생님이 나한테 방긋방긋 웃어주었다. 그래서 칭찬하고 싶다. (우소연)

헉, 민망해라. 내가 세상에 나와서 이렇게 칭찬을 많이 받아 보기는 처음인 것 같다. 어린이날 선행상 덕분에 나랑 꽃이랑 수탉이랑 다 칭찬받았다. [2013.5]

벚꽃나무에 봉오리가 나왔어요.

골목길에.

(1학년 전린)

"골목길을 환하게 해 주었으니까 칭찬 맞지?"

칭찬 맞다고 한다.

그래서 전린 1표, 벚나무 1표다.

벚나무도 상을 줄 거냐고 묻는다.

당연히, 뽑히면 받아야지.

손짓 발짓 눈짓 코짓 귀짓

오늘은 차 마시는 날.

'화목'하게 지내자고 화요일 목요일 아침마다 마시는 차다. 아침에 교문 앞 가게에 들러 율무차를 한 통 사서 들고 나오다가 우리 반 준용이를 만났다.

"쌔엠!"

인사는 없고, 처음부터 따지는 목소리다.

"왜?"

"그거 왜 사요! 내가 먹을 거 가져오는데."

"뭐 줄 건데?"

"닭이 있단 말이에요!"

가방 속에 닭튀김을 넣어 오는가 보다. 준용이는 걷는 내내 꾸짖는 목소리다.

"나 먹을 거 있다고요! 똑바로 하라고요!"

줄 게 있어 자신을 내세울 만하면 버럭버럭 왕 같은 마음이 되는구나.

둘이 같이 교문을 들어서다가, 꽃밭에 나란히 서서 "와, 꽃!" 소리치며 꽃을 들여다보고, 둘이 같이 목련나무 밑에서 목련꽃을 쳐다보고, 둘이 사이좋게 문간을 들어섰다. 이제 나는 교무실로 가고 아이는 2학년 교실로 가면 되는데, 녀석이 교실을 안 가고 교무실에 따라 들어온다.

"야, 넌 교실 가야지."

"기다릴 거란 말이에요!"

"그냥 가."

"싫어요. 쌤 나올 때까지 계속 계속 안 갈 거라고요!"

교무실 문을 펑펑 차며 소리친다.

"빨리 나와요. 오란 말이야!"

다른 선생들 눈치에 쫓겨 할 수 없이 나왔다.

교실에 가서 아이들을 모아 앉혀 놓고 율무차를 탔다. 드디어 기대했던 것, 준용이가 가방 속에서 먹을 걸 꺼내고 있다. 당연히 나 좀 주는 줄 알았다. 그런데 안 준다.

"야, 먹을 거 준다매?"

"나 혼자 먹을 거란 말이에요!"

이건 또 뭐여. 그럼 자기 먹는 거 지켜보라고 여태까지 큰소리쳤어? 준용이가 가져온 건 닭다리다. 은박지에 둘둘 싼 닭다리를 손에 쥐고는 콧물 훌쩍훌쩍 뜯어 먹는다. 보고 있으니 심술 난다.

"야, 너 목발 샀어?"

"왜요! 내가 왜 목발을 사냐구요!"

그런데 이 녀석은 왕도 아니고 먹을 것도 안 주면서 왜 말끝마다 버럭

버럭인지. 나도 녀석한테 배워서 덩달아 고함치고 있다.

"닭이 다리가 두 개 있어야 똑바로 서지! 그런데 너가 하나 뜯어 왔으니까 이제 못 걸어 다닐 거 아냐!"

"목발 필요 없다구요!"

한 손으로는 닭다리 들고, 한 손에는 율무차 컵 들고 번갈아 입을 대며 먹는다. 준용이가 닭다리 뜯어 먹는 동안, 아이들이 차 마시는 동안, 나는 이야기 책《무지무지 잘 드는 커다란 가위》를 읽었다

"아이는 닭다리를 좋아했대. 혼자서 닭다리를 뜯어 먹고 있는데 밖에서 발소리가 들리는 거야. 저벅 저벅 저벅……."

다 뜯어 먹고 차 다 마시고 책 다 읽고 자리에 들어와서 노래하고 그리고 오늘 새 아침 하루 공부 시작.

나는 책상 밑에 들어가 웅크려서 가방 속에 꽁꽁 숨겨 온 물건들, 귀마개며 집게 따위를 꺼냈다.

귀마개로 귀를 가리고,
집게로 코를 집고,
마스크로 입을 가리고,
그리고 벙어리장갑을 손에 끼었다. 하나 둘 셋,
"짜잔!"

벌떡 일어섰다. 이러면 나한테 관심을 쫙 보이게 되어 있다. 하지만 아니다.

"헐."

"바보 같애."

"유치해."

"미친 거 아니에요?"

그러거나 말거나 나는 내 말을 한다.

"내 눈을 바라봐. 난 귀 없이도 코 없이도, 난 이 두 눈으로만 다 알아맞힐 수 있지. 토실토실 창식이, 말똥말똥 지연이, 살살 웃는 예은이, 재는 지 혼자 닭다리 뜯어 먹은 준용이……. 음하하하, 봐라, 다 맞혔지."

"당연히 할 수 있죠. 그걸 누가 못 해요!"

"우리가 동상인 줄 알아요?"

나는 발을 쾅쾅 구르며 우겼다.

"아냐, 못 해! 나만 해!"

그깟 것 어쩌고 뭐고 식식거리며 은지가 나섰다. 내가 썼던 걸 벗어서 은지한테 씌웠다. 귀를 막고 코를 막고, 그리고 입마개로 입을 가리려고 하는데 아이들이 소리친다.

"야, 그거 침 묻었어. 냄새나."

내가 급하게 변명했다.

"아냐, 나 이거 쓰고 숨 하나도 안 쉬었어. 정말이야. 냄새 안 나."

"헐, 숨 안 쉬면 죽는데요?"

봐주는 게 없다. 할 수 없이 마스크를 뒤집어서 내가 입 안 가렸던 쪽을 바깥으로 가게 해서 씌웠다.

다 가리고, 눈만 빼꼼 내놓은 은지가 손가락으로 아이들을 짚으며 말한다.

"귀여운 예은이, 귀신같은 예쁜 소연이, 포동포동 창식이, 빼빼 준용이, 하얀 윤정이, 그리고 저건 냄새나는 선생님."

에잇, 짝짝짝짝.

"이번엔 귀!"

소연이가 나왔다. 은지가 썼던 걸 벗어서 입 가리고 눈 가리고 코 가리고 장갑 끼고, 그리고 귀만 쫑긋 내놓았다.

"어떤 소리가 있을까? 아주아주 작은 소리."

우리들이 소연이 귀에다가 세상에서 가장 아름다운 소리, 작은 소리를 들려주자고 했다. 엄마가 안아 주는 소리, 고양이 하품 소리, 강아지 젖 빠는 소리, 달팽이가 뽀뽀하는 소리, 닭이 목발 짚고 기우뚱 걷는 소리……, 이런 것들.

한 사람씩 나와서 소연이 귀에 속닥속닥 아주 작은 소리를 보낸다.

"뽁뽁뽁뽁뽁."

"이건 준용이다!"

바로 맞혔다.

"사그락사그락사그락."

"윤정이!"

"히우웁히우웁"

"지연이!"

귀만 열고서도 소리를 내는 사람이 누구인지 다 맞힌다.

"이번에는 손!"

윤정이가 나왔다. 눈 가리고 코 가리고 입 가리고 귀 가리고, 그리고 맨손만 내밀고 아이들 앞에 섰다. 아이들이 차례로 다가가 윤정이 손 위에 자기 손을 얹었다.

"보들보들 지연이."

딩동댕!

"찐덕찐덕 배창식."

땡!

"꺼칠꺼칠 선생님."

딩동댕!

코도 이런 식으로, 몽땅 가리고는 코만 내놓고 킁킁.

한 사람씩 다가가서 서 있는 아이의 코에 손을 갖다 댔다.

"이건 물 냄새가 나. 은지."

"이건 화장품 냄새. 지연이."

"……."

눈이 하는 일, 코가 하는 일, 귀가 하는 일, 손이 하는 일, 다 알아냈다. 이제 남은 건 하나. 다시 내가 나섰다. 안대를 써서 눈 가리고, 빨래집게로 코 가리고, 귀마개로 귀 가리고, 벙어리장갑 껴서 손 가리고, 다 가렸다. 그런데 마스크는 벗고 아이들 앞에 서서 앙, 입을 크게 벌렸다. 벌린 입을 내 손으로 가리키며 재촉했다.

"이번엔 입! 얼른 넣어! 하나씩 맛을 볼 테다."

가까이 오는 아이가 없다.

"난 안 할래."

"나도 안 해."

"더러워."

그럼 다들 안 하는 걸로 알고 눈가리개를 벗는데, 그런데 눈을 뜨며 보니까 배창식이 자기 입에 손가락 한 개를 넣고 쪽 빨더니 그 손가락을 내 입에 넣으려 하고 있다.

"으아, 더러워."

침 묻은 손가락 치켜들고 쫓아오는 배창식을 피해서 교실 저쪽으로 도망쳤다.

"쉿!"

내가 도망치다가 멈춰 서서 손가락을 입에 대고 조용히 하라는 신호를 보냈다.

창식이도 멈췄다.

나는 다시 책상 밑으로 들어가서 가방에 숨겨 두었던 원숭이를 꺼내 위로 올렸다.

"안뇽!"

책상 밑에 있던 원숭이가 펄떡 올라오며 말한다.

"음하하하, 나는 눈을 가리고도……."

원숭이 목소리를 흉내 내는 내 말이 채 끝나기도 전에 아이들이 내 손에 들려 있는 원숭이 인형을 자기한테 달라고 덤벼든다.

"안 돼. 안 줄 거야."

겨우 진정시켜 자리에 앉히고 물었다.

"얘 이름은 뭐게?"

"코코!"

"어, 어떻게 알았어?"

"왜냐하면 저는 모든 인형 이름을 코코라고 짓거든요."

귀마개 쓰고 안대 가리고 집게로 코 집고 손에 장갑 낀 원숭이가 아이들한테 물었다.

"보지 못하고, 듣지 못하고, 만지지 못해도
어딘가에 있는 것, 그건 뭘까?"

"공기."
"자신."
"마음"
"솔직."

가렸던 것을 하나씩 벗으며 다시 물었다.

"보려 하면 보이는 것은?"

"들으려 하면 들리는 것은?"
"맡으려 하면 맡을 수 있는 것은?"
"만지려 하면 만질 수 있는 것은?"

아이들이 마구 대답한다.

"하늘."
"전봇대."
"바람 소리."
"개가 눈 똥에서 올라오는 김 냄새."
"……."

눈으로 코로 입으로 귀로 손으로 세상 온갖 것에 스며 있는 참, 진실, 하느님의 숨결, 입김, 눈빛, 그것을 찾으며 살자는 말을 이어 가다가, 우리끼리 마음대로 흉내말을 지어내서 칠판에 적었다.

> 눈눈눈, 꽃을 보고요. 방긋방긋, 초롱초롱, 땡글땡글, 반짝반짝.
> 코코코, 냄새 맡고요. 고솜고솜, 꾸릿꾸릿, 비릿비릿, 향긋향긋.
> 입입입, 음식 먹고요. 매콤매콤, 새콤새콤, 쓰릿쓰릿, 짜다짜다.
> 귀귀귀, 소리 듣고요. 저벅저벅, 또그닥또그닥, 바스락바스락, 뿌르륵뿡뿡.
> 손손손, 만져 보고요. 매끈매끈, 꺼칠꺼칠, 뽀송뽀송, 물컹물컹.

참참참, 참은 어디? 눈으로 귀로 코로 입으로 손으로.

아이들 입에서 나오는 대로 칠판에 쓴 걸 다 같이 소리 내어 읽으며, 다 같이 노래 부르며, 손짓 발짓 눈짓 코짓 귀짓으로 교실을 빙글빙글 춤추며, 3월 14일 목요일 1, 2교시 〈국어〉 교과서 '흉내 내는 말'과 〈통합교과서〉 '우리 몸의 구멍'을 마쳤다. [2013.3]

"짜잔!"

벌떡 일어섰다.

이러면 나한테 관심을 꽉 보이게 되어 있다.

하지만 아니다.

"헐."

"바보 같애."

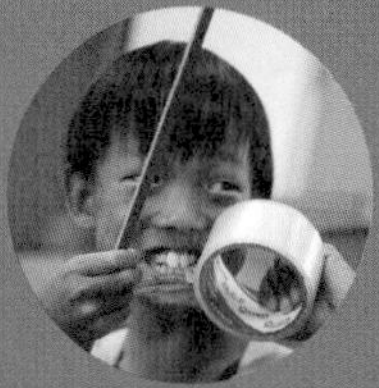

그러거나 말거나 나는 내 말을 한다.

하느님의 입김

쉬는 시간이 10분 지나고 15분 지나고 7초 8초 9초 지나도 교실에 아이들이 없다.
운동장에는 안 보이고, 뒤에 솔밭에서 솔방울을 모으는지, 바닷가 쪽 담 밑에서 비밀 기지를 짓는지. 다른 반 선생들은 다 공부 시작인데, 우리 학교에서 교직 경력이 많다는 나만 애들이 어디로 갔다고, 애들 못 봤냐고 헤매고 다니는 게 좀 부끄럽다. 이게 한두 번도 아니고, 이번엔 딱 부러지게 말을 해서 나도 좀 질서라는 게 있는 인간이란 걸 보여 주고 싶다.

아이들 부르려고 교실 문을 나가는데 저쪽에서 너무나 반가운 2학년 우리 반 아홉 명 아이들이 우다다닥 달려온다. 마녀 위니 놀이를 했다고 한다. 셋이서 타임을 하고 나머지는 도망치다가 마녀한테 잡히면 마녀의 신하가 되는 놀이라 한다. 내가 비밀 기지도 알고 탈출 놀이도 알고, 해바라기 생존 놀이, 동물 병원 놀이, 맥주 가게 놀이도 다 할 줄 아는데 이건 모르겠다. 점심 먹고 나도 그 놀이 끼워 달라고, 시키는 대로 잘하겠다고 졸라서 겨우 허락을 받아 냈다.

이제 공부하자는데 아이들이 좀만 더 놀잔다.

"쫌만 더 놀면 안 돼요?"

"안 돼!"

"놀아요. 놀고 공부 잘하면 되잖아요. 놀아요, 놀아요……."

하는 수 없이 허락했다.

"그럼 숨바꼭질할까?"

아이들이 "와아" 소리치며 좋아한다.

"책 펴. 〈국어활동〉 책."

"논다면서요? 숨바꼭질한다면서."

"그러니까 책을 펴야지. 책 어디에 숨바꼭질로 공부가 되는 게 있나 찾아야 놀지."

그래서 한 사람씩 소리 내어 〈국어활동〉 교과서에 있는 시를 읽고, 교과서에 없는 시를 한 편 더 읽었다.

숨바꼭질

"나를 찾는 데 쓸 빛이란다."

갓난 내 두 눈에
부어주고서

하느님은 숨어,

나 오기를 기다리리

아니라고 말할 수 없는

모든 것 속에

하느님은 숨어서 (이안《고양이의 탄생》)

"우리 학교 둘레에 하느님이 쬐끄맣게 웅크려서 숨어 있는 곳은 어딜까? 새근새근 기다리는 아주아주 작은 것."

앞에 말은 어렵고, 나도 모르겠고, 하여튼 '작은 것'이란 말에는 아이들이 반응한다.

"쓰레기요?"

"그건 너무 커. 어떤 쓰레기?"

"껌 종이요."

"더 작게."

"작은 껌 종이?"

"그거 말고."

"……."

내가 대답했다.

"밟혀서 실내화 바닥 자국이 찍힌 쓰레기통 앞에 껌 종이."

"……."

"또 뭐가 있을까?"

"눈."

"그건 너무 커. 어떤 눈?"

"하늘에서 떨어지는 눈이요."

"더 작게."

"하늘에서 떨어져서 작은 풀잎 위에 앉은 눈."

"좋아."

"소나무 가지에 붙었다가 와스스 부서지는 눈가루."

"좋아."

이래서 하느님 찾기 숨바꼭질을 하기로 했는데, 이게 되는 놀이인지 자신 없다. 우선 교실에서 먼저 해 보기로 했다. 쪽지를 내주고 교실 안에 하느님 있는 곳 알아내서 종이에 적어 보라 했다.

"눈 뜨고, 귀 열고, 콧구멍 벌렁벌렁해서 찾기. 다른 사람 모르게 비밀로."

여자아이가 나오더니 내 귀를 잡아당겨서 속닥속닥 묻는다.

"저기 하늘에 있는 솜사탕 같은 구름도 돼요?"

좀 있다 밖에 나가서 할 때는 그것도 된다고 끄덕였다. 아이가 자기 입술에 손가락을 대더니 살금살금 갔다.

모두들 몸을 낮추어서 살금살금 다니며 교실에 있는 아주아주 작은 것, 하느님의 숨결이 스민 것을 찾아내서 쪽지에 적었다.

'선인장 가시에 있는 조그마한 가시 하나'

'쓰레기통 앞에 있는 초콜릿 종이'
'필통에 있는 눈 그림'
'커튼 밑에 있는 먼지'
'풍선이 어제만 해도 커져 있는데 2일이 지나니 작아진 풍선'
'손을 뇌뚜면 따가운 선인장'
'준용이가 입으로 불어서 바닥에 떨어진 지우개 가루'

아이들이 적어 낸 글을 받아서 한꺼번에 공중에 뿌렸다. 종이쪽지를 주워 든 아이들이 후닥닥 서둘러 비밀 쪽지에 적힌 그 작은 것을 찾아서 찜했다.
"커튼 밑에 먼지, 여깄다!"
"선인장 가시요!"
"준용이 지우개 가루, 이거!"
"……."
교실에서 실험을 해 보니 놀이가 되겠구나 싶다. 교실 밖으로 나갔다.

하늘은 맑고 환하고 아이들은 플라타너스 나무 구멍, 잔디밭에 풀, 목련꽃 그늘 아래, 마른 옥수숫대가 서 있는 실습지 밭을 살피며 하느님과 숨바꼭질을 했다. 하느님이 부어 준 빛으로 하느님을 찾아다니고 있는 아이들 걸음마다 얼굴마다 하느님의 입김 숨결 눈빛이 스몄다.
하느님이 숨은 곳을 알아내서 종이쪽지에 적었고, 내가 공중에 뿌렸고,

쪽지에 적힌 대로 추적해서 다른 아이가 찾은 걸 다시 찾아냈다. 너무 금방 찾아내서 한 번 더 하자고 졸라서 한 번 더 했다.

교실에 들어와서 종이를 한 장씩 내주었다.
"너희들이 마음을 모아 요렇게 보고 있는 동안 하느님도 거기 와서 자기를 보고 있는 너희들을 요렇게 봤을 거야. '요깄지, 들켰네' 하며 너희들 이마를 탁 짚었을지도 모르고. 얼마나 기뻤을까. 이번에는 하느님 말고 이 종이도 기쁘게 해 줘 봐."
"왜 기뻐요? 종이는 죽은 건데."
"숨바꼭질에서 찾은 걸 그냥 두면 거기서 시들고 말지도 몰라. 너희들이 호오옥 입김을 불어넣어야 살지. 그러니까 생명을 품은 종이는 얼마나 기쁠까."
우겨서 글을 받아 냈다. 아이들이 쓴 것 가운데 몇 편 골라서 글자랑 줄이랑 고치지 않고 그대로 밑에 옮겨 놓으려 하는데, 컴퓨터에 한글 2007 워드 프로그램이 자동으로 글자 바로 잡기를 해서 그런 글자는 어쩔 수 없이 컴퓨터 하자는 대로 둔다.

돌 틈에 있는 민들레

봄에 피는 민들레
낙하산처럼 멋진 민들레
돌 틈 사이에 피는 민들레

올해는 도대체 어느 돌에
민들레가 필까
정말 예쁜 민들레. (2학년 우소연)

돌 밑에 있는 작은 쓰레기

큰 돌 밒에 작은 쓰레기가 있다
풍선을 터트린 거다. 풍선 조각
한 개가 큰 돌 밒에 있었다. 작은
쓰레기는 큰 돌 그늘에 있었다. (2학년 이예은)

우리 학교 5학년 교실 창문 앞 화분

2층 5학년 교실 창문 밖에 놓여져
있는 화분 두 개는
그 곳이 무섭지 않는 건가?
앞에는 길이 없고 뒤에는 막혀
있는데 만약 그게 나라면 벌벌 떨며
선생님한테 말해서 내려올 텐데
아무리 높더라도 움직이지 않으면
자신을 보고 누가 내려줄 거라
믿는 걸 꺼야 (2학년 권은지)

숨바꼭질 마치고 종이에 입김 불어넣기 마치고 점심시간이 되어서 하느님의 눈빛과 숨결과 입을 가진 우리 아이들은 밥 먹으러 급식소로 달려갔다. [2013.4]

눈 뜨고,

귀 열고,

콧구멍 벌렁벌렁해서 찾기.

다른 사람 모르게 비밀로.

여자아이가 나오더니 내 귀를 잡아당겨서 속닥속닥 묻는다.

"저기 하늘에 있는 솜사탕 같은 구름도 돼요?"

좀 있다 밖에 나가서 할 때는 그것도 된다고 끄덕였다.

아이가 자기 입술에 손가락을 대더니 살금살금 갔다.

실내화야 어딨니

지연이가 우는 얼굴로 실내화가 없어졌다 한다.

얼마나 속상할까.

"실내화야 기다려, 우리가 간다."

아이들이랑 학교를 한 바퀴 돌고 닭장을 둘러보고 창고를 뒤지고 화장실을 뒤졌다. 없다. 도대체 어떤 녀석인지. 치사 바보 똥개 녀석. 에잇, 실내화 원래 자리 갖다 놓을 때까지 맨날 재수 없는 일만 일어나라.

"수리수리 닭똥에 미끄러져라, 개똥에 철퍼덕 처박아라이 얍!"

지연이 보는 앞에서 일부러 주문을 외고 신발장을 다시 살폈다. 웬 실내화들이 이리도 많지? 모든 학년 아이들이 자기 실내화 신고 교실에 들어가 공부하는 이 시간에 여기 남아 있는 것들은 모조리 임자 없는 것들이다. 때에 절고 입 벌리고 냄새나는 것들이다. 멀쩡한 것들도 많다. 작년 졸업생 이름이 적힌 실내화도 그대로 있다.

이걸 여태 못 보다니. 내가 눈을 왜 달고 다니는지 쯧쯧. 실내화 찾는 건 나중 문제고 우선 신발장 청소부터 하자. 아이들이랑 같이 쓸고 닦고, 신을 수 없는 신발은 봉투에 담아 버리고, 멀쩡해서 신을 만한 것들은 따로 모아 수돗가에 가서 빨았다. 하얗게 빨아서 하얗게 말렸다.

기뻐하는 신발

파란색은 파란색 하얀색은 하얀색
잔디밭에서 신발이 마른다.
신발들이 빨아줘서 고맙다고
신발이 환하게 웃고 있다.
신발이 날아갈 거 같다. (2학년 배창식)

"봐, 새 신발이네."
잃어버린 신발 한 켤레 대신 새 신발 여러 켤레가 생겼다. 실내화 잃어버린 지연이가 먼저 하나 골랐다. 실내화에 발을 넣고 자기 발에 맞는다며 발짝을 떼어 보는 모습이 예쁘고 고맙다. 지연이는 아이들 성의를 생각해서 일주일 동안 신고 다니겠다 하는데, 성의 같은 거 안 생각해도 된다. 누군가 헤맬 때 같이 헤매며 우리가 의리 있는 인간이란 걸 보여 줄 수 있어 기뻤고, 청소하고 빨래하며 행복했다. 그걸로 됐다.
임자 없는 실내화가 잔디밭에서 마르는 동안 아이들은 종이에 글 써서 벽에 붙였다. 나라면 며칠 끙끙거려 쓸 글을 그 자리에서 슥슥 써내는 게 신기하다.

문간에 엎드려 벽보 쓰고 포스터 그리는데 누가 교실에서 종이 마이크를 들고 왔다. 또 누구는 종이 사진기를 들고 왔다. 마이크 든 아나운서가 묻고 사진기 든 기자가 찍는다. 뉴스 놀이라 한다. 이런 건 또 어떻게 생각해 냈는지. 재밌는 거 하나 배웠다. 그럼 중계 현장으로 가 보자.

아나운서: 오늘 날씨는 어때요?

지연: 화창해요.

아나운서: 신발 잃어버렸을 때 기분은?

지연: 당황했어요.

아나운서: 그래서 어떻게 했어요?

지연: 친구들이 같이 신발을 찾아 줬어요.

아나운서: 그때 기분은?

지연: 신발을 못 찾아도 기분 좋았어요.

마이크가 다른 아이 입으로 옮겨 갔다. 찰칵찰칵 사진기도 따라갔다.

아나운서: 오늘 한 일이 뭐예요?

은지: 지연이를 기쁘게 했어요. 지연이가 아침에 장난도 안 하고 혼자 계속 돌아다니고 걱정스러워 보였어요.

아나운서: 그걸 보고 어떤 생각이 들었어요?

은지: 같이 도와줘야겠다는 마음이 들었어요.

아나운서: 그래서요?

은지: 그래서 지연이랑 같이 찾아 줬고, 신발이 없어서 지금 신발장에서 주인 없는 신발을 골라서 빨아서 지연이한테 줬어요.

아나운서: 지금 하고 있는 일은?

은지: 남는 신발이 많아서 필요한 사람 가져가라고 글 써서 붙였어요. 포스터도 붙이고.

아나운서: 포스터를 보며 어떤 생각이 들어요?

은지: 아이들이 이걸 보고 신발을 가져가면 좋겠다는 생각이 들어요. 내가 열심히 생각해서 글을 썼으니까 가져가서 다시 신었으면 좋겠어요.

나한테도 마이크가 왔다.

아나운서: 포스터를 보니까 어떤 생각이 들어요?

나: 아아 마이크 시험 중. 신발 안 잃어버렸으면 신발장 청소도 안 했을 거고, 우리 학교에 남는 신발이 이렇게 많은 것도 몰랐을 거예요. 신발 잃어버린 덕분에 이렇게 멋진 포스터도 그리고 아나운서 놀이 하고 글 쓰고, 그리고 환경도 살리고 좋은 공부해서 저는 오히려 신발 가져간 사람을 고맙게 생각……

아차, 실수했다. 지연이가 속상하겠다. 급하게 둘러댔다.

"아니야. 남의 신발 가져간 사람 하나도 안 고마워요. 미워요. 누군지 알면 한 대 쥐어박고 싶어요."

내가 그 사람을 얼마나 미워하는지 보라고 지연이 앞에서 다시 한 번 주문을 외웠다.

"수리수리 닭똥에 미끄러져라, 개똥에 처박아라 얍!"

물론 버릇 고치겠다 다짐하고 가져간 신발 제자리 갖다 놓으면 통 크게 용서할 생각임.

다음, 다음 날까지 벽보 밑에 놓아둔 신발 가운데 일곱 켤레가 새 주인을 찾아 떠났다. 그리고 개똥을 밟은 사람은 두 명 있지만, 개똥에 얼굴 처박은 사람은 아직 없다 한다. 신발 가져간 사람이 우리 학교 학생 아닌가 보다. [2013.5]

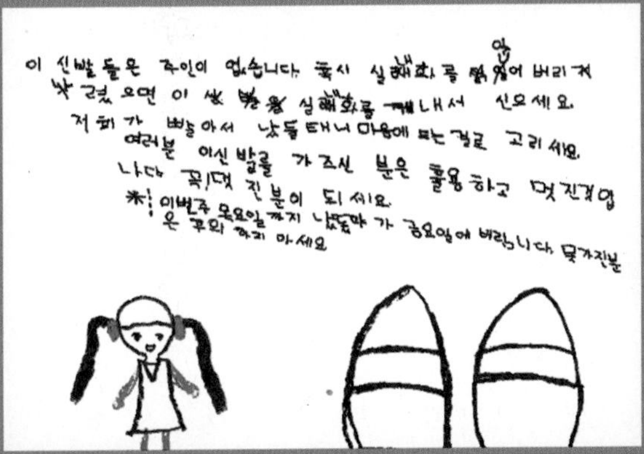

이 신발들은 주인이 없습니다. 혹시 실내화를 잃어버리거
나 그랬으면 이 실내화를 꺼내서 신으세요.
저희가 빨아서 놔둘 테니 마음에 드는 걸로 고르세요.
여러분 이 신발을 가져가신 분은 훌륭하고 멋진 것입
니다. 꼭 멋진 분이 되세요.
*! 이번주 목요일까지 놔뒀다가 금요일에 버립니다. 못 가진 분
은 후회하지 마세요

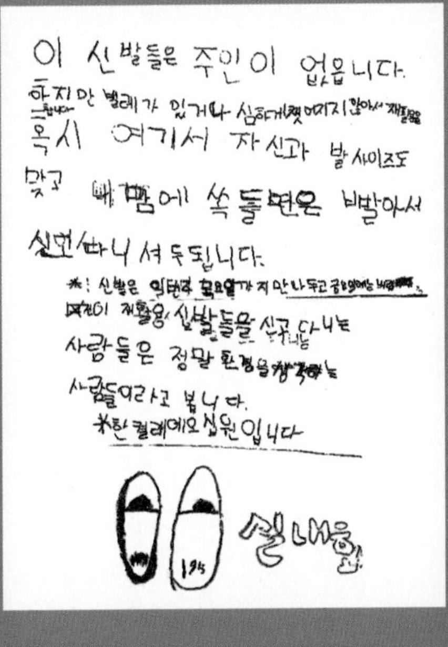

이 신발들은 주인이 없습니다.
하지만 벌레가 있거나 심하게 젖어지지 않아서 재활용합니다
혹시 여기서 자신과 발 사이즈도
맞고 맘에 쏙 들면은 빨아서
신으면서 다니셔도 됩니다.
*! 신발은 일단 목요일까지만 나두고 금요일에는 버립니다.
요즘 재활용 신발들을 신고 다니는
사람들은 정말 환경을 생각하는
사람들이라고 봅니다.
*한 켤레에 오십원 입니다

지연이가 우는 얼굴로 실내화가 없어졌다 한다.

얼마나 속상할까.

“실내화야 기다려. 우리가 간다.”

누군가 헤맬 때 같이 헤매며

우리가 의리 있는 인간이란 걸 보여 줄 수 있어 기뻤고,

청소하고 빨래하며 행복했다.

눈 둥그렇게 뜨고 혀 내밀고 말아서 꼬아

나는 부끄러움을 많이 탄다.

어렸을 때 아버지 담배 심부름 갔을 때 가게 주인 부르기가 부끄러워서 주인이 내다볼 때까지 바람 휭휭 바깥에서 마냥 기다린 적도 있다. 나이가 든 요즘도 마찬가지로 길거리에서 아는 사람을 만나면 입이 안 떨어져서 인사를 하는 둥 마는 둥 어물쩍 지나칠 때가 많다.

나만 그런 줄 알았더니 우리 반에 예은이도 부끄러움을 탄다. 학기 초에는 더러 말을 하더니 얼마 전에 앞니 두 개가 빠진 뒤로는 거의 입을 다물었다. 말을 시키면 꾹 다문 입 위로 다시 손바닥을 두 개나 더 붙여 아예 입을 가린다.

예은이가 어제 서울대공원에 가서 동물을 보고 왔다 한다. 예은이가 본 동물보다는 예은이가 손바닥을 떼고 입을 열 것인가, 하는 게 더 궁금했다.

"우리 반에서 낙타 본 사람?"

말 꺼낸 내가 가장 먼저 자신 있게 손을 번쩍 들고 "난 봤는데" 하면서, 너넨 못 봤을 거라는 말투로 물었다. 몇 아이가 자기도 봤다며 손을 들었다.

"진짜 낙타 봤어? 그럼 낙타 등에 뿔이 몇 갠데?"

뿔이 아니라 혹이라고, 선생이 어떻게 그런 것도 모르냐고 아이들이 따진다.

"그럼 입 봤어? 낙타가 먹을 때 입을 어떻게 하게?"

내가 예은이와 아이들을 둘러보며, 너네가 그렇게 어려운 걸 알 리가 없다는 말투로 물었다. 아이들이 갸웃거리고 있을 때 어제 동물원에 갔던 예은이는 눈이 반짝 빛났다. 자그마한 입으로 "나 낙타 입 봤는데" 했다. 그래서 우리 반은 낙타 흉내 내기 대회를 벌였다. 어제 동물원 가서 낙타를 본 예은이를 심사위원으로 모셨다. 심사위원을 정중하게 가운데 걸상에 앉히고 우리는 교실 바닥에 내려앉았다.

먼저 세상에서 낙타 흉내를 가장 잘 낼 자신이 있는 내가 나섰다. 바닥에 엎드려 풀을 한 입 뜯어 씹으며

"봐, 똑같지? 내가 1등이지? 음하하하!"

"땡!"

예은 심사위원이 단 한 마디로 심사평을 했다.

윤정이가 나섰다. 소연이가 나섰다. 은지가 나섰다. 심사 결과 혀를 쭉 뺐었다가 입술을 비틀어서 우물우물한 은지가 1등을 먹었다.

예은 심사위원이 그다음 본 동물은 하이에나다. 하이에나도 내가 잘한

것 같은데, 윤정이도 아기 하이에나 흉내를 잘 낸 것 같은데, 심사위원은 이번에도 은지가 1등이라고 말했다. 아니, 뭐 하기만 하면 은지, 은지, 은지.

"너무 불공평해! 무조건 은지만 잘했다 하고. 그럼 아예 나를 흉내 내는 걸로 시합을 해도 은지가 1등이겠네?"

내가 펄펄 뛰자 예은 심사위원이 "한번 해 봐요" 한다.

이번에는 동물 대신 '탁샘 흉내 내기' 대회를 했다.

재연이가 앞으로 나서서 푹 숙였다가 고개 들고 천장을 보면서 숨을 후우욱 내쉬었다. 준용이는 팔짱을 척 끼더니 창밖을 보았다. 지연이는 먼 곳을 보며 천천히 손가락 한 개를 머리에 갖다 댔다. 은지는 손가락 두 개를 턱에 대고 씨익 웃음 지었다. 나는 평소에 하던 것과 똑같이 멋있게 짠, 했다. 결과는? 이번에도 1등은 은지였다.

"말도 안 돼! 말도 안 돼! 나 안 해. 수학책 펴!"

펄쩍펄쩍 뛰며 눈을 까뒤집고 소리를 질렀다. 그러는 중에 원숭이 흉내 내기로 이어졌는데, 펄쩍펄쩍 뛰며 소리를 친 내가 1등이었다. 말도 안 돼서 참 다행이었다. 현재까지 점수는 3 : 1이다. 은지가 3, 내가 1.

그다음 예은이가 본 것은 하마였다. 하마는 우리 반에서 입이 가장 큰 내가 유리했다. 내 차례가 되어서 바닥에 네 발을 척 딛고 입을 딱 벌리고 "하아아마아……" 이러고 있는데 갑자기 내 등에 뭔가 엄청 무거운 게 털썩 떨어졌다. 창식이다. 배에 들은 게 많은 창식이가 갑자기 올라

타니 허리가 부러질 것 같다.
"암마, 난 말이 아니라 하마잖아, 얼른 내려."
몸을 후두둑 터는 순간 창식이가 내 등에서 굴러 떨어지면서 걸상에 쿠당당 머리를 박고 자기 입술을 깨물어 피가 터졌다. 창식이는 엉엉 울고, 보건실에 데려가 약 바르고, 하여튼 예은이가 동물원에서 하마를 보는 바람에 멀쩡한 창식이만 다쳤다. 그래서 우리 반은 하마가 얼마나 위험한 동물인지 알게 되었고, 창식이가 다치는 바람에 나는 하마 흉내 내기에서 아예 탈락을 해 버렸다. 1등은 또 은지다. 구렁이 흉내도, 호랑이 흉내도 모조리 은지가 휩쓸었다.
내일은 고라니 대회를 하기로 했다. 예은 심사위원이 동물원에서 고라니를 봤기 때문이다. 고라니는 밤에 우리 밭에 와서 팥이랑 고구마 순 다 뜯어 먹었으니까 내가 잘할 수 있을 것 같다. 집에 가서 밤새 연습을 해서 내일은 은지를 이기고 말 테다.

다음 날, 역시 내가 은지를 못 이기고 말았다. 원인을 따져 보기로 했다.
"왜 은지만 이길까? 나도 잘한 것 같은데. 나는 낙타가 풀을 뜯고 입을 우물우물하는 걸 흉내 냈거든. 은지는 뭘 흉내 냈어?"
"낙타가 걸어가다가 물 마시는 모습. 눈을 둥그렇게 뜨고 혀를 내밀고 말아서 꼬아요. 그리고 물 마실 때 뒷다리를 구부리지 않고 펴요."
사막에 물이 어딨냐고 창식이가 소리치자 은지가 대답했다.
"오아시스 만나면 물 마시잖아. 한번에 쫙 마시고 오랫동안 저장해."

그냥 풀 뜯는 걸 생각하고 대충 흉내 낸 나보다는 또렷하게 한 장면을 잡아 눈에 담고 있는 은지가 잘한 건 분명하다. 인정할 수밖에 없다. '탁샘 흉내 내기'도 마찬가지.

"탁샘은 심각하다가 누가 칭찬을 하면 두리번거리면서 은근 슬쩍 눈이 웃으면서 눈꼬리가 옆으로 붙어. 그러고는 손을 벌려서 천천히 턱에 대고 잘난 척해. 입술이 얇게 펴지고."

이런 식이니 어떻게 은지를 이길 수 있겠나. 은지도 놀랍지만, 그걸 정확하게 보고 있는 예은 심사위원의 눈도 놀랍다.

귀에 붙이면 귀걸이, 코에 붙이면 코걸이. 오늘 국어 '소개하는 글쓰기' 시간에는 한 사람의 행동을 몸으로 흉내 내고, 그것을 글로 써 보기로 했다.

"낙타를 소개할 거야. 어떻게 소개를 하면 그 글을 읽은 낙타가 '난 앞으로 이렇게 세상을 살아가야지' 하고 마음먹게 될까?"

준용이가 이마를 찌푸리며 따진다.

"낙타가 어떻게 글을 읽어요?"

"하여튼 읽어. 읽고는 글이 좋으면 나는 그런 낙타로 살아가야지 하고 마음먹는다니까."

찬빈이가 먼저 대답했다.

"등에 혹이 있다?"

"그러면 낙타가, 난 앞으로 등에 혹이 있게 살아가야지, 하고 마음먹게 될까?"

"……."

"겉으로 보이는 것 말고 속에 숨어 있는 것!"

"참을성이 있어요."

"좋아. 그러면 낙타가 '난 앞으로 참을성 있게 세상을 살아가야지' 마음 먹겠네. 그런데 '참을성'을 어떻게 몸으로 흉내 낼 수 있지?"

"오랫동안 걸어서 다리를 떨고 있어요. 이렇게 달달달달. 그래도 걸어요. 이렇게."

"바람 불어도 눈을 뜨고 계속 계속 뜨고 앞을 봐요. 이렇게."

이제 낙타 말고 사람을 소개하는 글을 써 보기로 했다.

'그 사람의 속마음이 겉으로 보이도록, 내 몸으로 흉내 내며 글쓰기'

"누구를 소개할 거야?"

창식이가 손을 들었다.

"나는 아빠를 소개할 거예요. 우리 아빠는 참을성이 있어."

"아빠가 참을성 있는 걸 어떻게 몸으로 보여 주지?"

"우리 아빠는 포기하지 않고 돈을 벌고 또 포기하지 않고 나한테 잘해 줘요. 이렇게."

이렇게, 하며 아빠가 안아 주는 시늉을 한다.

소연이가 손을 들었다.

"저는 우리 할머니요. 할머니는 우리 걱정을 해요. 이렇게."

이렇게, 하며 머리 쓰다듬는 할머니 손짓을 보여 준다.

아이들이 주제를 정해서 글을 썼다. 은지는 잠바를 머리까지 푹 뒤집어 쓰고 눈만 빼꼼 내놓고 책상 밑으로 들어가서 썼다. 쓰고 싶은 만큼만 쓰고, 내일 시간을 더 들여 써 보기로 했다.

첫 번째로 들어 놓은 글은 '할머니'를 쓴 우소연 글이다. 처음 쓴 글에 밑줄 긋고, 밑줄 그은 부분을 자세하게 쓰고, 자세하게 쓴 부분을 몸으로 흉내 내고, 두 글을 이어서 마무리하고, 다 같이 읽었다. 다른 아이 글도 이런 식이다.

1. 처음

할머니는 나를 위해서 걱정을 많이 한다. 미역국을 한 숟갈 먼저 드시고 나한테 먹지 말라고 한 적도 있다. 우리 할머니는 힘이 세다. 그리고 나를 위해서 어떻게든 돈을 벌라고 하신다. 일을 마치고 집에 오면 집에 와서도 쉬지 않고 일을 하신다. 힘이 들면서도 내가 텔레비를 보면…….

2. 밑줄 그은 곳을 행동으로 보여 주기

미역국 한 숟가락 입에 넣기(입에 넣는 시늉) → 얼굴 찌푸리기(얼굴

찌푸림) → 먹지 말라 함(고개 흔듦) → 버리러 감(냄비 들고 걸어감)

3. 행동을 글로 나타내기

"하암."

아침에 일어나니 할머니가 상에 미역국과 밥을 올려두셨다. 그런데 미역국을 할머니가 한 숟가락 먼저 후루룩 드셨다.

"소연아 이거 국물이 쉬었어. 먹지 마"라고 말했다.

할머니는 쉬언 건데 그냥 꿀떡 삼켰다. 배가 아플 텐데……. 나는 눈이 동글해졌다. 할머니는 국그릇을 들고 베란다로 가서 미역국 냄비를 다 쏟아 부었다. 할머니는 나를 위해서 걱정을 많이 한다.

할머니는 얼굴은 핼쑥해 보이지만 힘이 세다. 저번에 무우가 잔뜩 든 자루를 두 손으로 번쩍 들었다.

그리고 할머니는 우리를 위해서 어떻게든 돈을 벌라고 하신다. 바다에서 잡아 온 고기를 그물에서 빼기는 일을 하시고 6만 원을 벌었다.

일을 마치고 집에 오면 집에 와서도 쉬지 않고 일을 하신다. 힘이 들면서도 내가 텔레비를 보면 "하하호호" 웃어주신다. 할머니가 힘드신데도 계속 일을 하는 건 좋은 게 아닌데…… 나는 그게 걱정이다. 할머니가 안 힘들면 좋겠다. (2학년 우소연)

4. 같이 읽기

창식: 할머니가 걱정을 어떻게 하는지, 힘이 어떻게 센지, 돈을 어떻게 버는지 잘 썼어요.

은지: 소연이 할머니가 소연이 사랑하고 걱정하고 아끼는 마음이 우리 할머니랑 엄마랑 똑같은 거 같아요.

글을 정확하게 쓰는 솔이 언니

내가 소개하려는 언니는 정솔이 언니야.

정솔이 언니는 머리는 찰랑찰랑하고 눈을 보면 되게 친근한 느낌이 들어. 앞머리는 없고 잘 웃어. 웃을 때 목소리는 음성이 높은 아가씨 목소리야. 웃을 때 보면 그 언니가 참 예쁘고 착하고 강아지처럼 느껴진다. 하지만 글을 쓸 때는 눈빛이 달라진단다. 솔이 언니가 글을 정확하게 쓴다는 걸 느낀 건 6월달쯤이었어.

우리 학교에서는 달마다 학생들이나 선생님들이 글을 써서 신문을 만들잖아. 그때 6학년도 글을 많이 냈거든. 그래서 6월달 신문에 6학년 글이 들어왔어. 그 중에 글 한 편이 정솔이 언니 글이었어. 솔이 언니 글은 신문 맨 앞면을 장식했어. 우리 반 애들이 다 같이 읽어보니 글이 참 멋지더라. 글 내용은 체육관에서 있었던 일이야.

솔이 언니 친구는 경보 언니고, 언니의 동생이 우리 학교를 다닌단 말이야. 물론 그 동생 오빠의 언니도 우리 학교에 다녀. 근데 어느 날 언니가 체육관에 있는데 동생도 체육관 문으로 들어오고 있었어. 그 동생을 다른 오빠가 배드민턴 채로 막 때리니까 경보 언니가 막 울면서 니가 뭔데 내 동생을 때리냐고 소리쳤다는 내용이야.

경보 언니도 대단하지만 그런 감동 있는 장면을 안 놓치고 글로 쓴 솔이 언니가 참 대단해. (2학년 권은지)

우리 엄마

가족을 위해 돈을 벌고 일을 많이 하는 우리 엄마. 우리 엄마는 우리 밥이나 옷을 사거나 만들려고 노력한다. 아무리 힘들어도 식물 동물이 된 것처럼 꾸준히 아주 열심히 일을 한다. 아들 두 명과 딸 한 명, 아빠를 위해 열심히 일을 한다. 엄마는 자존심이 강하다. 언제는 마트에서 생선을 열심히 자르다가 손가락을 베었는데도 일을 쭉 하려고 했다.

나는 엄마가 들어오실 때 걱정이 눈앞이다.

저번에는 두 손에 양파 자루를 들고 힘이 들어서 걸음이 기우뚱기우뚱거렸다. 한 쪽 발이 땅에 끌려서 드르륵 틱 걸음소리가 났다.

"엄마가 아프니깐 엄마 귀찮게 하지 마. 알았지?"

"응"

나는 걱정이 너무 많아서 돌을 10개 든 것 같은 기분이 들었다.

엄마는 힘이 많이 드는 우리 가족을 사랑해주신다. 나는 엄마가 병에 걸릴까 봐 걱정이고 엄마는 나를 걱정해서 걱정이 코앞인 우리 엄마. 나는 엄마가 안타깝고 그리고 슬프고 자랑스럽다. 내가 태어나기 전에는 엄마와 아빠가 CU에서 일을 했다고 아빠가 그랬다. 그런데 어떤 일 때문에 일을 이마트로 옮기게 됐다고 아빠가 말했다.

엄마가 가끔씩은 집에 늦게 들어오시지만 나는 엄마가 자랑스럽다. 나도 나중에 커서 엄마처럼 멋진 엄마가 되고 싶다. 나는 고생하는 엄마를 친구들에게 소개하고 싶다. (2학년 한윤정)

[2013.11]

?

"왜 은지만 이길까? 나도 잘한 것 같은데.
나는 낙타가 풀을 뜯고 입을 우물우물하는 걸 흉내 냈거든.
은지는 뭘 흉내 냈어?"

!

"낙타가 걸어가다가 물 마시는 모습.
눈을 둥그렇게 뜨고 혀를 내밀고 말아서 꼬아요.
그리고 물 마실 때 뒷다리를 구부리지 않고 펴요."

그냥 풀 뜯는 걸 생각하고 대충 흉내 낸 나보다는
또렷하게 한 장면을 잡아 눈에 담고 있는 은지가
잘한 건 분명하다.

인정할 수 밖에 없다.

!

진눈깨비

아침에 읽은 시는 유강희 시인의 '진눈깨비'다.

우소연이 청소 시간에 청소 대신 골라서 칠판에 적어 놓았다. 어제 눈이 왔으니까 이 시가 눈에 들어왔을 것 같다. 비가 섞여서 내리는 젖은 눈과 복잡한 마음과 그렁거리는 눈물과 '진눈깨비'라는 말이 막 어울리는 시다.

진눈깨비는
엄마한테
심부름 안 했다고
꾸중 듣고 내리는 눈인가

선생님한테
숙제 안 했다고
야단맞고 내리는 눈인가

어깨 들썩이며

눈물 그렁거리며

내리는 진눈깨비 (《지렁이 일기예보》)

같이 소리 내어 읽고, 한 사람씩 돌아가며 읽었다. 아이들은 잠잠하고 창턱 화분에 심은 배추도 잠잠하고, 교실 어디에도 이 시 때문에 기뻐하거나 감동한 기색은 없다.

"이 시가 마음에 드는 사람?"

우소연이랑 배창식, 둘이 손을 들었다.

소연,

"심부름 안 했다고 내리는 눈이니까 가난한 거 같아요."

창식,

"저는 엄마 심부름하다가 사 먹어서 완전 혼났어요. 사이다 먹고 싶어서 먹었는데 맞았어요."

나머지 아이들은 손 안 들고 입 꾹 닫았다.

"엄마한테 심부름 안 했다고 꾸중 들어 본 사람 있어?"

없다.

"그럼 숙제 안 해서 야단맞은 적 있는 사람?"

아무도 없다. 하긴, 요즘엔 숙제라는 게 거의 없고, 있더라도 그걸로 야단맞을 일 없으니까.

유강희 시인을 비롯한 어른들이야 심부름이나 숙제로 야단맞은 경험이 있겠지. 하지만 꽃처럼 홀홀 불어 주는 입김을 쐬며 자라는 요즘 아이들, 아니 부모와 같이 사는 경우가 드문 이곳 아이들한테는 심부름이나 숙제로 혼난다는 것이 남의 얘기일 것 같다.

"심부름이나 숙제 말고, 다른 걸로 눈물 흘려 본 적 있어?"

"넘어져서 울었어요."

"웃겨서 눈물 나왔어요."

"하품할 때요."

"그런 눈물 말고. 어깨를 들썩이며 그렁그렁 나오는 서러운 눈물. 그런 슬픈 눈물 나온 적 있어?"

창식,

"자전거 고쳐 주던 할아버지가 죽어서."

"자세히 말해 줘."

"자전거 할아버지가 돌아가셔서 울었어요. 내가 자전거 타고 가는데, 동해안 슈퍼 앞에 차가 서 있어요. 그런데 차 트렁크에 장례식 사진 걸어 논 거 보고 울었어요. 자전거 타고 의석이랑 지나가다가 갑자기 울었어요. 할아버지가 고쳐 준 자전거 타고 가다가."

소연,

"외할머니가 다리랑 허리가 아파가지고 울었어요. 문 닫고 방에 들어가서. 할머니가 다리 아프다고 하면서도 바닷가에 고기 그물 빼끼는데 또 갔어요, 걸어서. 손을 허리에 대고 다리를 찔뚝거리면서 이렇게. 돈 벌어야 된다고. 그걸 보고 내가 방에 들어가 울었어요. 슬퍼서."

지연,

"강아지 두 마리 키웠단 말이에요. 강아지 두 마리가 싸워서 한 마리 보냈단 말이에요. 외할머니 집에. 다른 강아지가 괴롭혀서. 한 달 뒤에 외할머니 집에 가 봤는데 그때는 있었는데 다음에 가 보니까 개가 없는 거예요. 빈 개집만 있었어요. 개집 보고 울었어요."

은지,

"저는……."

눈두덩이 빨개지면서 말을 못 잇는다. 말하지 말라 했다.

"'진눈깨비' 시를 바꿔 보자. 유강희 시인이 쓴 '엄마한테 / 심부름 안 했다고 / 꾸중 듣고 내리는 눈인가' 이걸 빼고 대신 우리들 말을 넣자. 방금 너희들이 말한 걸 세 줄로 줄여 봐. 유강희 시인을 도와주자. 아주 좋아할 거야."

아이들이 시인을 도와주기 위해 자기가 한 말을 세 줄로 줄였다.

소연,

"허리 아픈 외할머니가 / 고기 빼끼러 / 찔뚝거리며 걸어가서 울었다."

창식,

"내 자전거 고쳐준 / 자전거 할아버지 사진이 / 검은색 차 트렁크에 걸려서 울었다"

원래 시를 들어내고, 새로 지어서 넣은 시는 이렇다.

진눈깨비는

허리 아픈 외할머니가

고기 빼끼러

쩔뚝거리며 걸어가서 내리는 눈인가

내 자전거 고쳐 준

자전거 할아버지 사진이

검은색 차 트렁크에 걸려서 내리는 눈인가

외할머니네 집에 간 개가

개는 없고

빈집만 있어서 내리는 눈인가

어깨 들썩이며

눈물 그렁거리며

내리는 진눈깨비

"원래 시보다 나아?"

아이들이 전부 낫다는 쪽으로 손을 든다. 흠, 유강희 시인이 좋아할까 분통을 터트릴까 어쩔까 모르겠네. 설마 어깨 들썩이며 눈물 그렁거리지는 않으시겠지. [2014.2]

새글루

우리 반 은지가 쓴 시를 읽는다.

아무리 기다려도
눈이 안 온다.
아침에 일어나 눈이 오면
목도리도 하고
두꺼운 털 조끼도 입는데
눈이 안 온다.
600분을 기다려도
하루가 다 지나도
눈이 안 온다
눈이 안 온다.
고장 난 시계 같이
꿈쩍도 않는

눈을 자꾸만 기다리며
창문에 몸을 기대어
가만히 생각한다.
왜 눈이 안 오지. (2학년 권은지)

은지가 이 시를 쓴 다음 날부터 눈이 내리기 시작하더니 1m가 넘고 1m 50cm가 넘게 왔다. 우리 집 마당에는 1m 70cm가 쌓였다. 마을도 학교도 눈에 푹 덮였다.

아침부터 아이들이 이글루 만들어요 이글루 만들어요, 하며 이글루 만들자고 야단이다. 이글루 좋지. 그런데 첫 시간부터 밖으로 나가면 애들 공부 하나도 안 가르치고 놀기만 하는 선생으로 알까 봐 겁난다. 공부 먼저 해야 한다고 버텼다. 책 한 권 읽자. 하얀 눈에 어울리는 책.

뛰어가던 들쥐가 장갑을 보았어요. 쥐는 장갑 속으로 기어들어가 주위를 둘러보았어요. "나는 여기서 살 거야."

그림책《장갑》을 읽고 나서 아이들한테 물었다.

"《장갑》이랑 비슷한 게 뭐가 있을까? 끝없이 들어가는 거?"

"배창식 배 속!"

여자아이가 대답했다. 창식이 배가 크기는 하지. 급식 시간에 맛있는 게 나오면 뚝딱 세 그릇 받아먹으니.

"정!"

"정?"

'장갑'이 자꾸자꾸 들어가도 안 줄어들고 오히려 딱 붙어 있어서 더 따뜻해지는 것처럼, '정'도 자꾸 나눠 줘도 안 줄고 더 따뜻해진다고, '장갑'이랑 '정'이랑 비슷해요, 한다. 몸무게는 내가 더 나가지만 입에서 나오는 말의 무게는 나이와 상관없는 것 같다.

"이글루!"

"이글루?"

"이글루 안에 한 사람씩 들어가요. 몸이 작은 사람부터."

"이글루 안에서 대화도 나누고 그러면 정도 깊어지고."

《장갑》이 아니라 다른 어떤 책을 읽어도 아이들은 '이글루'라고 대답했을 거다. 어찌 되었든 이글루를 만들자는 건데, 이글루 안에서 대화를 한다고 정이 깊어질 리 없고, 이글루 안에서 《장갑》에 나오는 동물들처럼 "들어가도 돼요?" "들어와", 이러며 노는 건 너무 빤하고 시시하다.

"이글루 만들어서 새한테 먹을 거 줘요."

오, 이건 좋다.

"우리 아빠 회사에도 비둘기가 들어와서 먹을 거 줬대요."

그렇잖아도 요 며칠 새들이 굶주렸다. 아침에 올 때 보니 청호동 골목길 고욤나무에 직박구리가 까맣게 붙어서 고욤을 따 먹고 있었다. 겨우내 고욤이 나뭇가지에 붙은 채 그냥 쪼골쪼골 말라 가길래 여기 고욤은 인기가 없구나 싶었는데, 온통 눈에 덮이고 나니 굶주린 새들이 입맛 따질 때가 아니었나 보다. 참새 떼가 눈 덮인 지붕 아래 처마 밑으로 날아들고 박새는 플라스틱 개집 속을 들락거렸다.

"그런데 이글루 안에 먹이가 있다는 걸 새들한테 어떻게 알리지?"

"깃발 세워요."

"이글루 위에다 옥수수 가루 놔요. 그럼 초대할 수 있잖아요."

"생선도 놔둬요. 고양이도 먹게."

"밥 줘요."

"급식할 때 밥 한 숟갈 남겨요."

이글루 만들러 밖으로 나갔다. 새들 이글루니까 '새글루'로 하자 해서 새글루를 만들러 나갔다. 창고에서 눈삽을 꺼내 푹푹 빠지며 뒤뜰 멀리 저쪽 소나무 밑으로 가서 눈을 팠다. 굴을 파고 솔잎이 드러날 때까지 바닥에 눈을 치웠다. 새글루 안에, 위에, 둘레에 쌀을 놓았다. 깃발을 만들었다. 깃발에다가 그림 그리고 글 써서 새글루 앞에 꽂았다.

- 새를 보호해 주세요.

- 새들 먹이를 주려고 만든 새글루를 부시지 마세요. 이마트 앞에도 굶어 죽은 새가 있어서 새들 이글루를 만들었습니다. 우리가 농사지어서 쌀로 떡볶이 만들다가 남은 쌀을 이글루에 놓았으니 그걸 여기저기 놔뚜지 마세요. 우리들이 파낸 솔잎을 눈으로 덮지 마세요. 그렇게 하면 새들이 못 알아채요. 이 말을 어기지 마세요.

- 우리가 만든 새들 이글루 망가뜨리지 마세요. 새들 이글루는 우리들이 들어가서 놀 것이 아니고 새들이 이글루 있는 곳으로 가서 쌀이나 벼를 먹을 것입니다. 새들이 쌀을 먹고 있을 때 새들을 잡지 말아 주세요. 그리고 이 새들은 힘이 없어 우리가 지켜 조아해요. 그리고 새들이

없을 때 살짝 와서 음식 주는 건 멋진 사람이에요.

급식 시간에 한 숟갈씩 남긴 밥을 새글루에 놓았다. 영양사 몰래 밥알을 손바닥에 담은 아이도 있고, 밥 먹는 척 입안에 한 입 물고 와서 뱉은 아이도 있다. 반찬을 슬쩍 가져온 아이도 있고. 소문이 나서 다른 학년 아이들까지 뭘 갖다 놓았다. 이글루 안에는 순대, 케이크, 달걀말이, 밥, 쌀, 떡, 막대사탕, 빨간 열매, 좁쌀, 닭 사료가 놓였다.
지금은 건물 모퉁이에 숨어서 어떤 새들이 와서 먹이를 먹을까 엿보는 중이다.

비둘기

비둘기가 떡을 좋아한다.
내가 가도 안 도망가.
비둘기가 떡을 다 먹었다. (2학년 엄준용)

새

눈이 많이 오네 많이 와
하늘에서 솜 하나하나 떨어지듯
많이 오네 많이 와.
밖에 나가서 노래 부르고

운동장에서 맘껏 뛰놀고
우린 신나는데
새들이 소나무 가지에 앉아
쫑알쫑알 짹짹
눈이 많이 오네 많이 와
눈이 많이 와서
밥이 없다고 운다. (2학년 우소연)

내가 어릴 때는 눈이 오면 새를 잡았다. 눈 위에 볏짚을 깔고 그 위에 새덫을 놓으면 노란 머리 깃을 세운 느릅지기새가 날아와 먹이를 쪼다가 덫에 켁 걸렸다. 아버지가 아궁이 앞에 앉아 죽은 새의 털을 뜯고는 벌건 알불에 구워 주셨다.

나한테는 눈 오는 날이 새 잡아먹는 날이었다. 나와 달리 우리 아이들은 눈 오는 날을 새 먹이는 날로 기억하길 바란다. '장갑'이 되어 누군가한테 손 내민 날로 기억하길 바란다.
아이들이 집으로 간 뒤에 나 혼자 멀찍이 서서 날아오는 새들을 지켜보았다. 솔새, 박새는 한 번 쪼고 둘레둘레 살피다가 소나무 가지로 쪼르륵 날아오르고, 힝둥새 직박구리는 꽥 소리 내며 다투다가 서로 놀라 내빼고, 비둘기는 느긋하게 자기 배를 채웠다. 그런데 아무리 봐도 막대사탕을 빨아 먹는 새는 없는 것 같다. [2014.2]

이글루 안에는 ------ 순대, 케이크, 달걀말이, 밥, 빵, 떡, 막대사탕, 빨간 열매, 홍시, 무 시래기 ------ 가 놓였다.

지금은 건물 모퉁이에 숨어서
어떤 새들이 와서 먹이를 먹을까 엿보는 중이다.

나한테는 눈 오는 날이 새 잡아먹는 날이었다.

나와 달리 우리 아이들은

눈 오는 날을 새 먹이는 날로 기억하길 바란다.

장갑이 되어 누군가한테 손 내민 날로 기억하길 바란다.

둘

20년 동안 안 해도 돼

새 교실, 첫날.

콩닥콩닥 설레는 가슴을 손바닥으로 누르며 아이들 앞에 섰다.

"4학년이 된 것을 축하합니다. 짝짝짝."

"……."

시큰둥하다. 나만 들떴나?

"올해 꼭 하고 싶은 일 말해 보세요. 나한테 바라는 것도 좋고."

수첩 펴 들고 중요한 말 받아 적을 준비를 했다.

"놀아요!"

'놀기'라고 적었다.

"체육 열 시간 해요!"

'체육'

이어서 쏟아지는 말들,

"사자 키워요!"

'사자'

"곰 키워요!"

"뱀 키워요!"

"악어!"

"고릴라!"

"코끼리!"

"……."

수첩을 내려놓았다. 말은 밖으로 꺼내기 쉬운 대신 진심을 담기 어려운 것 같다. 종이를 한 장씩 주며

"입 대신 손. 말로 하지 말고 글자로 써 보세요. 다섯 개."

다섯 개 넘게 써도 되냐고 묻는다. 두 개까지는 봐줄 수 있다고 했다.

"하고 싶은 거 없는 사람은 어떻게 해요? 안 써도 돼요?"

걸상을 뒤로 빼고 삐딱하게 앉은 아이가 목을 뒤로 젖히며 묻는다. 좀 전에 입으로는 원숭이 키워요, 돼지 키워요, 뭐 키워요, 장난삼아 마구 떠들더니 글자로 쓰라니까 하고 싶은 게 없단다.

"나한테 바라는 것도?"

"아, 없다니깐요!"

"왜 없어?"

"귀찮아요."

"그럼, 쓰지 마."

와아, 하며 좋아하는데, 옆에 앉은 아이들까지 같이 좋아한다. 모두 다섯이다.

"나야 편하지 뭐. 종이도 아낄 수 있고. 또 앞으로 하고 싶은 게 없는 사람이니까 내가 그 사람 말은 하나도 안 들어줘도 되고."

안 하겠다는 아이들 앞에 놓여 있던 종이를 다시 걷었다.

"그럼 우린 뭐 해요?"

글자 안 써도 되는 아이가 물었다.

"아무것도 하지 마세요. 가만히 앉아 있어."

내 말이 끝나기도 전에 저들끼리 손바닥을 딱 마주치며

"나이스!"

그래, 나도 나이스다. 글자 안 쓰면 안 쓰는 지들만 손해라는 걸 보여 주고 말 테다.

"전에 다른 학교에서 편지 쓰기를 하는데 안 써도 되냐는 학생이 있었어. 그래서 안 써도 된다고 했지. 그 학생은 20년이 지났는데도 아직 편지를 안 써도 돼."

"에이, 거짓말."

"뻥치지 마세요."

으드득. 뻥이 아니란 걸 보여 주고 말 테다.

착하게 생긴 아이들만 종이에 글자를 쓰고 있고, 글자 안 써도 되는 아이들은 저들끼리 떠들며 어수선. 그런데 아무것도 안 하고 그냥 있어도 된다는데, 그냥 안 있고 무엇을 하는 아이가 있다. 책상에 올라가 배를 깔고 엎어지더니 그 책상을 밀며 앞으로 간다. 이름이 준태라 한다.

"너 책상이랑 친해?"

끄덕끄덕.

"그럼 계속 밀고 다녀."

좋다고 배로 책상을 밀며 교실을 휘젓는다.

아주 난장판이다.

"히야, 정말 보기가 좋네. 배가 떠다니는 것 같다야."

글자를 써도 되는 아이들이 글자를 써서 나한테 냈다. 종이에 쓴 걸 하나하나 칠판에 적으며 정말 하고 싶은 일인지 따져 보았다.

1. 연극

"연극 하고 싶어?"

"예!"

"그럼 해야지."

'연극'에 동그라미를 쳤다.

2. 강아지 키우기

"강아지 키울래?"

"예!"

동그라미 쳤다.

"날마다 밥도 주고 똥도 치우고 해야 될 텐데. 누가 할까?"

손드는 아이가 없다.

"이거 쓴 사람이 할 거지?"

자기 혼자서는 말고, 누가 하면 같이 하겠다 한다. 그럼 세모.

3. 닭 키우기

"닭 먹이 주고 물 떠다 주고, 그런 거 할래?"

여러 아이가 손들었다. 난 안 하고 싶은데 자기들이 하겠다니 어쩔 수 없지. 동그라미 쳤다. 닭, 키우기로 했다.

4. 식물 기르기

식물 기르기로 했다.

5. 오리 키우기

키우기로 했다.

6. 요리하기

"무슨 요리?"

"케이크요!"

"와, 케이크, 아주 좋은 생각이야. 만들자. 케이크 만들려면 뭐가 있어야 하지?"

"우유, 생크림, 초코, 딸기, 계란, 빵 굽는 기계……."

"우유는 어디서 구해?"

"돈 주고 사요."

"그건 남한테 의존하는 거잖아. 교실은 의존을 배우는 곳이 아닌데."

"우리가 목장 가서 우유 짜 와요."

"그거 좋겠다. 누가 갈 거야?"

"우리 반이 내일 다 같이 가요."

"난 바빠서 안 갈래. 너네끼리 가. 갈 사람?"

아무도 손 안 든다.

"우유는 안 되겠고, 그럼 빵은 어디서 구해?"

"가게에 가서 사요."

"교실은 자립을 배우는 곳. 손발의 노력 없이 거저 얻는 건 교실에 못 들어와."

"우리가 빵 만들어요."

"빵 만들려면 밀이 있어야 하는데."

"그럼 밀 심어요."

"오, 다행이다. 작년 가을에 뿌린 밀이 지금 실습지 밭에 자라고 있어. 6월쯤에 이삭이 여물면 우리가 낫으로 베서 털어서 빻아서 빵을 만들면 되겠다."

자기가 밀한테 가서 물 줘도 되냐고 묻는 아이가 있다. 착하기는. 당연히 되지.

"작년 아이들도 자기 손으로 풀 뜯어서 튀김 해 먹고, 자기 손으로 감자 심고 감자 캐서 감자 요리 하고, 자기 손으로 벼농사 지어서 거두어서 찧어서 떡볶이 먹고, 상추 심고 가꾸고 뜯어서 삼겹살 구워 먹었거든. 모든 걸 스스로 생산할 수는 없지만 몇 가지라도 자기 손발을 움직여서 얻어 낸 것이 있어야 떳떳하지."

빵은 됐고, 달걀은 앞으로 닭을 열심히 길러서 얻기로 했으니 됐고.

"생크림은?"

"……."

"초코는?"

"……."

아이가 한숨을 내쉬며

"어후, 케이크는 너무 복잡해요. 차라리 떡볶이 만들어요."

"떡볶이는 쌀이 있어야 하는데?"

"우리가 쌀농사 지어요."

쌀농사라…….

"그럼 케이크 안 만들고 떡볶이로 할 거야?"

"예!"

아쉽다. 난 케이크가 좋은데. 너무 쉽게 포기하는 버릇은 안 좋은데.

"어후, 논 만들고 벼 키우려면 고생인데. 할 수 없지 뭐. 사람은 하고 싶은 걸 하고 살아야지."

'케이크'에 괄호 열고 물음표 표시하고, 그 옆에 떡볶이라고 썼다.

7. 준태 엉덩이 때리기

저쪽에서 책상을 밀고 다니는 준태한테 물었다.

"엉덩이 맞고 싶어?"

안 맞겠다고 한다.

"아깝다. 저렇게 엉덩이 내밀고 엎드렸을 때 가서 한 대씩 치면 소리도 예쁠 텐데."

할 수 없지. 안 맞겠다는 사람을 때릴 자격은 이 세상 누구한테도 없으니까.

'엉덩이 때리기'에 가위표를 했다.

8. 뱀 키우기

"뱀 키우고 싶어?"

키우자고 한다. 동그라미 쳤다.

"뱀 먹이려면 쥐랑 개구리를 잡아다가 뱀 입속에 넣어 줘야 되는데, 쥐는 여러분이 날마다 한 마리씩 잡아서 책가방 속에 넣어 오면 될 테고. 그런데 뱀 입속에 쥐 넣어 주다가 손가락 깨물리면 피나고 아플 텐데, 그건 누가 할 거야?"

뱀 안 키우겠다고 한다. 서운하지만 동그라미 없애고 다시 가위표를 했다.

9. 낚시하기

앞개울 가기로 했다.

10. 자전거 여행

마을 한 바퀴 돌기로 했다.

11. 사자 키우기

"아프리카에 가서 사자를 데려올 사람?"

없다.

12. 코뿔소 키우기

없다.

13. ……

노는 시간 많이 주기, 체육 하기, 과자 파티 하기……. 나온 의견들 모두에 대해서 할 것인지 안 할 것인지 의논하며 동그라미나 가위표를 쳤다. 의논하는 동안 배로 책상을 밀던 아이가 움직임을 멈췄다. 그냥 책상에 배를 깔고 엎드려 쉬고 있다.

"하던 걸 계속해. 멈추지 말아 줘."

내가 그쪽을 보며 부탁했다. 책상이 다시 움직이기 시작했다. 호수에 둥둥 떠다니는 배처럼 돛대도 삿대도 없이 잘도 간다.

오늘은 첫날이니까 서로 사귀는 놀이를 해 봐야겠다. 책상을 교실 벽으로 바짝 붙여 놀이터를 만든 뒤 아이들을 불러 모았다.

"모두 모이세요. 둥그렇게."

눈이 큰 남자아이가 눈 크게 뜨고 물었다.

"안 하면 안 돼요?"

놀이 안 하고 자기 혼자 카드를 하겠다는 거다.

"안 하고 싶은 사람은 안 해야지. 사람은 하고 싶은 걸 하고 살아야 돼."

저쪽으로 가서 카드를 하라고 했다.

"저도 카드 할래요."

덩달아 나서는 아이가 있다. 저쪽 가서 둘이 카드를 하라고 했다. 두 아이는 카드를 하고, 한 아이는 배로 책상을 밀고 다니고, 책상 안 밀고 카드 안 하는 나머지 아이들만 둥그렇게 서서 주먹공 던지며 이름 놀이를 했다.
놀이가 바뀌어서 의자 뺏기 놀이도 하고, 손님 모셔 오기 놀이도 하고, 사자와 사슴 놀이도 하고. 아이들이 신났다.

신나게 놀고 있는데 이제껏 탈 없이 배로 책상을 잘 밀고 다니던 아이가 책상을 멈추고는 묻는다.
"저도 그거 하면 안 돼요?"
아니, 이게 뭔 소리. 아이들이 하는 놀이에 끼워 달라니. 그럼 혼자 남은 책상은 어쩌란 말이냐.
"안 돼. 한 가지를 꾸준히 해야 전문가 달인이 되는 거야. 니 덕분에 교실에 배가 떠다니니까 너무 행복하다야. 멈추지 말고 그 일을 해 줘."
이젠 싫다고 한다.
"조금만 더 힘을 내 봐."
"못 해요. 저 정말 힘들단 말이에요."
"할 수 없지 뭐. 너가 책상을 밀고 싶다고 했으니까 계속 밀어야 되는데, 이제 안 밀고 싶다고 했으니까 안 밀어도 돼. 오늘 푹 쉬고 내일 다시 힘차게 밀어 보자."
"내일도 안 할 건데요."
"그건 내일 보고 결정할게."

카드놀이 하던 두 아이 가운데 눈이 작은 아이가 와서 묻는다.

"카드 그만하면 안 돼요?"

내가 곤란하다는 말투로 대답했다.

"안 돼! 너는 앞으로 체육 시간이나 놀이 시간에는 무조건 카드를 해야 돼. 사람은 하고 싶은 걸 하고 살아야지."

"이젠 카드 안 하고 저도 애들이랑 같이 놀고 싶은데요?"

속으로는 반갑지만 겉으로는 하나도 안 반갑다.

"아이고 이런! 너가 처음에 카드를 하겠다고 해서 나는 '이 아이는 놀이 안 하고 카드 하는 아이' 이렇게 기억해 놨는데, 이제 와서 카드 안 하고 놀이를 하겠다고 하면 내가 기억을 다시 바꾸어야 하는데, 그건 쉬운 일이 아니야. 난 한 번 머릿속에 기억을 하고 나면 그게 20년도 더 가거든. 그런데 20년도 안 지나고, 한 시간도 안 지났는데 갑자기 와서 카드 안 할래요 하니까 난 너무 머리가 복잡해. 그럼 이제부터 '저 아이는 카드 안 하는 아이' 이렇게 기억을 다시 넣어야 하잖아. 하여튼 안 하고 싶다고 했으니까 지금은 안 해도 돼. 계속 안 해도 되는지는 내일 보고 결정할게."

"……."

"에휴, 다시 머리에 넣어야지. '카드를 안 하는 아이, 카드 안 하는 아이……' 아이구, 머리가 깨지는 것 같다야."

저쪽에서 아직 카드를 손에 쥐고 있는 눈 큰 아이는 "저런 배신자" 하며 주먹을 치켜들었고, 이제부터 카드 안 해도 되는 아이는 큭큭큭 자기가 선생님 머리 아프게 하는 데 성공했다고 자랑스러워한다.

놀이 종목을 바꾸었다. 책상을 원래 자리로 되돌려 놓고 외쳤다.

"지금부터 글자 빨리 쓰기 시합을 하도록 하겠습니다. 보고 듣고 생각한 것을 글자로 표현하는 사람이 자기 몸의 주인, 이 교실의 주인, 이 세상의 주인!"

아까 글자 안 쓴다고 '나이스' 했던 아이들은 빼고, 우리 반에서 글자를 써도 되는 아이들한테만 종이를 나눠 주었다.

"아침에 일어나서 오늘 학교 교실에 들어올 때까지 본 것을 써 보세요. 들은 것을 써 보세요. 말한 것을 써 보세요. 만진 것을 써 보세요. 생각한 것을 써 보세요. 뭐든지 써도 됩니다. 시간은 1분. 1분 동안 시간을 재서 글자를 더 많이 쓴 사람이 1등. 준비 됐지?"

종이 못 받은 아이들 가운데 한 아이가 묻는다.

"우린 뭐 해요?"

"그냥 가만히 있어. 아무것도 안 해도 돼."

우리 반에서 글자 안 써도 되는 사람이 다섯이니까, 그러니까 글자를 써도 되는 사람은 일곱이다.

"시합을 해서 1등에서 7등까지 상을 주겠습니다."

글자를 안 써도 되는 다섯 가운데 한 아이가 자기도 시합을 하고 싶다고 한다.

"안 돼. 너가 아까 글자를 안 쓴다고 해서 나는 '저 아이는 글자를 안 쓰는 아이' 이렇게 기억해 놨는데, 그걸 금방 또 어떻게 바꿔. 난 한 번 기억을 하면 그게 아주 오래가. 처음 태어났을 때도 '아, 숨 쉬어야 되는구나' 하고 머릿속에 기억을 집어넣으니까 40년이 지났는데도 아직도 그게 그대로야. 앞으로도 숨 쉬어야지 하고 저장해 놓은 기억은 안 지워질 것 같아. 죽을 때까지. 그러니까 넌 앞으로 40년 동안 글자 안 써도 돼."

"……."

"그런데 지금 너가 글자를 쓴다고 했으니까 내가 다시 기억을 바꿔야겠네. 결과는 내일 알려 줄게. '쓰는 아이, 쓰는 아이……' 아이고 머리야. 어쨌든 오늘은 안 돼."

내일부터 자기 인생이 글자를 쓰는 사람으로 바뀔 수도 있는 아이는 드디어 자기도 선생님 머리를 아프게 하는 데 성공했다며 좋아한다. 성공인지 아닌지는 내일 봐야지.

"글씨 쓰기 준비이…… 손 머리 위…… 손 내리고…… 연필 쥐고…… 시작!"

또또또똑 글자 쓰는 소리.

"10초 전, 9초 전, 8초 전…… 끝!"

연필 안 놓는다. 더 쓰겠다고 한다.

"연필 안 놓는 사람은 탈락!"

겨우 끝냈다. 그런데 시간을 좀만 더 달라고 하도 애원을 해서 30초 더 주기로 했다. 아이들이 1분 30초 동안 쓴 글자는 이런 식이다.

> 나는 오늘 현서를 만났다. 그런데 지금 눈이 녹고 있었다. 그런데 눈이 녹으니까 봤더니 반작반짝해서 나는 완전 반했다. 나는 완전 예쁘고 반짝여쓰면…… (4학년 이영원 65개)

> 아침에 엄마가 밥을 차려서 밥을 먹고 동생이랑 밥을 먹고 학교를 가고 있는데 하얀 강아지가 따라와서 뛰었다. 학교를 내가 제일 늦을 줄 알았는데 다행히 장준태가…… (4학년 김수연 88개)

> 오늘 나는 일어나자마자 밥을 한 숟가락을 먹고 두부를 먹고 밖으로 나왔는데 대문에서 이슬이 떨어졌다. 그리고 학교를 가는 길에 고양이가 차에…… (4학년 김준혁 81개)

이렇게 일곱 명이 글자를 썼고, 1등에서 7등까지 일곱 명이 상을 받았다. 집으로 가기 전에 내 머리를 아프게 하기 위해서 두 명이 더 글자 쓰기 신청을 했고, 나는 머리를 감쌌고, 아무 일 없이 첫날 하루를 마쳤다.
아이들이 써낸 글에 밑줄 치며 구체, 장면, 느낌, 발견, 상상, 집중, 리듬, 시간 흐름, 순간, 이런 식으로 분류를 해 보았다.

내일은 내가 아이들 앞에 서서 너무너무 좋아서 어쩔 줄 모르겠는 얼굴로 말해야지. 글 잘 썼다고. 이렇게 글을 잘 쓰는 아이들과 1년을 지내게 되어 너무나 행복하다고. 글자 쓴 아이가 연필 쥔 자기 손을 자랑스러워하도록.
그리고 내일은 아주 쉬운 받아쓰기 시험을 봐서 또 칭찬을 퍼부어야지. 글자 안 써도 되는 아이가 부러워하도록.
내일은 무지무지 더 재밌는 놀이를 해야지. 같이 안 놀고 저 혼자 따로 카드 하는 아이가 심심해서 죽을라 하도록.

내일은 운동장에 책상 한 개를 내놔야지. 책상 미는 아이가 운동장을 바다 삼아 마음껏 밀고 다니며 꿈을 펼칠 수 있도록. 앞으로 20년 동안 쭈욱. 그런데 20년은 너무 짧은 것 같기도 하고. [2014.3]

난 한 번 기억을 하면 그게

아주

아주

아주

아주

아주

아주

아주

아주

아주

오

|

래

|

가

|

.

처음 태어났을 때도
'아, 숨 쉬어야 되는구나' 하고
머릿속에 기억을 집어넣으니까
40년이 지났는데도 아직도 그게 그대로야.

그러니까 넌 앞으로 40년 동안 글자 안 써도 돼.

반장 뽑기

"반장 뽑아요."

여자아이가 소리치자 다른 아이들도 뽑아요, 뽑아요, 소리친다. 반장이 왜 필요한지는 모르겠지만 뽑자고 하니까 하자는 대로 가 보자.

"그런데 반장이 무슨 일을 해?"

내가 물었다.

'반장은…….'

반장은 뭘 해야 할지 아이들도 생각이 안 나는가 보다. 반장은 무슨 일을 하는 걸까 다 같이 생각하다가 이런 일을 하는 걸로 결정했다.

1. 놀아 주기
2. 웃어 주기

이제 뽑으면 된다.

"반장 하고 싶은 사람?"

아이들이 손을 번쩍 번쩍 들었다.

"들고 있는 팔이 더 긴 사람이 반장?"
장난삼아 한 말인데 남자아이들이 찬성이라며 팔을 더 높이 든다. 할 수 없이 아이들 팔 길이를 쟀다.
자를 들고 겨드랑이에서 손끝까지. 경현이는 48cm, 희영이는 50cm, 누구는 52cm……. 뒤에 잴수록 점점 더 길어져서 55cm까지 되었다. 먼저 사람보다 더 길어지려고 어깨가 빠지도록 팔을 늘린다. 게다가 앞에서 먼저 잰 사람이 또 재겠다고 해서 다시 재고, 그러면 또 달라지고.
"팔 길이는 안 되겠어. 다른 걸로 해."
내가 고개를 저었다.

"입 크기로 해요."
장난말인 줄 알지만, 하자니까 해 본다. 우리 교실은 네가 말을 해서 내가 움직이고 둘레가 움직이고 세계를 움직이게 하는 교실이란 것을 보여 주고 싶다.
자를 들고 재니까 뒤로 갈수록 점점 입이 커졌다. 으하아, 하고 입을 벌렸다가 더 안 벌어지니까 입을 두 손으로 잡고는 아래 입은 땅 쪽으로 끌어 내리고 위에 입은 하늘 쪽으로 치켜올렸다. 입 뒤집어질까 겁이 나서 그만두었다. 목 길이도 마찬가지로, 자를 갖다 대니까 사람 목이 달팽이처럼 점점 길어졌다.

놀아 주고 웃어 주고, 이건 누구나 그냥 하면 된다. 그런데 왜 특별히 뽑혀서 해야 하는지 알 수 없다. '반장'이 중요한 게 아니라 '뽑히는 것'이 중요한 것 같다. 무엇으로 뽑는다고 하면 그 '무엇'은 그때부터 아주 중요해진다.

'길이'로 뽑으면 온 힘을 다해 몸에 붙어 있는 팔이며 목이며 혀를 길게 길게 뽑아낸다. '길이'가 아닌 다른 걸로 뽑아도 마찬가지일 것이다.

아이들은 자기한테 유리한 의견을 계속 내놓는다.

"달리기해서 빠른 사람이 반장 해요."

"훌라후프 많이 하는 사람으로 해요."

"시험 봐서 공부 잘하는 사람."

"선생님이 뽑아 주는 사람."

"마음의 넓이가 넓은 사람."

투표 결과는 훌라후프 2표, 입 큰 사람 1표, 시험 보기 1표, 선생님이 뽑아 주기 2표, 마음의 넓이 3표…….

이래서 마음 넓은 사람이 반장이 되기로 했다.

"마음의 넓이가 넓은 사람이 우리 반 반장이야.
마음이 넓은 사람 손들어 봐."

두 명 빼고는 다 손을 들었다. 그런데 마음의 넓이는 뭘로 재지? 가슴 넓이는 자로 잴 수 있겠지. 하지만 가슴 넓다고 마음 넓은 건 아닐 테고. 눈 크다고 잘 보고, 머리 크다고 든 게 많은 것 아닌 것처럼.

손든 사람은 다 뽑기로 했다. 그래서 오늘부터 우리 반은 두 명 빼고는 다 반장이다. 반장으로 뽑혔으니까 누가 놀아 달라고 하면 놀아 주어야 하고, 웃어 달라고 하면 웃어 주어야 한다. [2014.3]

해바라기 꽃밭

……

해바라기야

해바라기야

너는 내 동무

해바라기야

해바라기야

너는 해님의 아들 (《어디만큼 오시나》)

이원수 시에 붙인 '해바라기' 노래를 부른 뒤 주머니에서 씨앗을 꺼내 들었다.

"태양의 아들, 태양의 딸이 될 씨앗. 심을 사람?"

내민 손바닥에 씨앗을 한 알씩 떨구었다.

하나만 더 달라고 조르는 아이한테 한 알 더 주었다. 받아 놓고도 안 받았다고 시침 떼는 녀석한테도 또 한 알 더 주었다.

"어디다 심어요?"

"어디든."

"운동장에 심어도 돼요?"

"돼."

"정말이지요? 난 운동장에 심어야지."

말만 그렇게 하고는 운동장에 안 심는다. 자기 정성이 축구공한테 밟히는 걸 좋아할 리 없다. 운동장 옆, 비탈 아래로 갔다. 쑥과 쇠뜨기, 바랭이, 소리쟁이가 자라는 풀밭이다. 아이들이 풀밭 여기저기에 쭈그려서 풀뿌리를 뽑고 돌멩이를 캐내며 꽃밭을 일군다.

손바닥보다 크게 엉덩이보다 작게 일군 땅에 씨앗을 심고 흙을 홀홀 어루만진다. 이 세상에 생겨난 자기만의 한 뼘 꽃밭.

밭 둘레 경계에 돌멩이를 늘어놓아 동그라미 모양, 하트 모양, 네모 모양 울타리를 쌓아 자기가 주인이라는 표시를 했다.

풀밭 위에 반 아이들 숫자만큼 해바라기 꽃밭이 생겨났다.

"물 줘요?"

"안 주는 게 더 나아. 주면 가만히 있어도 저절로 주는구나 하고 의존하게 돼."

"……."

"물 안 주면 에이 씨 아무도 안 도와주는구나 하고 자기 힘으로 흙 속에 습기를 빨아들여서 몸을 통통하게 불리다가, 아주 통통해지면 딱딱

한 껍질을 깨고 싹이 트거든."

"야, 일령이 좋겠다. 넌 통통하니까 너 이제 싹 트겠네."

몸이 옆으로 튼튼한 일령이가 주먹 들고 놀리는 아이 때리는 시늉을 한다.

물 안 줘도 된다는데 자기는 물을 주겠다며 물조리개에 물을 떠 와서 주는 아이가 있다. 주겠다고 마음먹었으면 주는 게 좋지.

"내일은 토란을 가져올게. 개구리 왕눈이가 모자로 쓰던 잎."

"밭이 좁잖아요."

"그건 알아서 해. 해바라기 위에 심든가, 옆으로 넓혀서 더 뚱뚱하게 하든가."

다음 날은 토란을 한 알씩 나누어 주었다. 두 알, 세 알 받은 아이도 있다. 아이들은 다시 호미 들고 비탈 아래 자기 땅으로 갔다.

"어, 싹이 났다. 이거 해바라기 싹이에요?"

하루 만에 싹이 나올 리 없다.

"아닌데. 이건 꽃이 피면 닭 벼슬이랑 비슷한 꽃이 나오는 풀인데."

"이건요?"

"뽑아도 뽑아도 나오는 풀, 쇠뜨기."

아이들은 늘 마주치는 풀과 나무의 이름을 알지 못한다. 몰라도 상관없다. 모르면 새로 지어서 붙이면 된다. 어쨌든 이름이란 것이 있어야 그때부터 사물이 눈에 들어오게 되어 있다.

지난주에는 아이들이 꽃다지를 모른다고 해서 '옳다, 기회다' 싶어 한바탕 소란을 떨기도 했다. 그날 아침 칠판에 권정생 시에 백창우가 곡을 붙인 '꽃다지 핀다'를 적어 놓았다.

> 언덕길 동구 밖에 꽃다지 핀다
> 밭이랑에 개울가에 노란 꽃다지
> 꽃다지는 아주 조그만 꽃
> 노랗게 먼저 피는 꽃
> 어머니 할머니의 눈물방울만 한 꽃 (〈바보처럼 착하게 서 있는 우리 집〉)

노래를 부르려는데 남자아이가 물었다.
"꽃다지가 뭐예요?"
"꽃다지를 몰라? 아는 사람 없어?"
다들 모른다고 고개 젓는다. "노란색인가?" 이러며 갸웃거리는 아이가 둘 있을 뿐이다. 이럴 때 나는 드디어 기쁘다.
"으, 꽃다지를 모르는 이 천하에 나쁜 놈들. 백을 세겠다. 나가서 찾아. 모르면 비슷한 거라도 가져와. 시작! 하나 두울 세엣……."
아이들이 후닥닥 밖으로 뛰어나갔다. 나는 아이들 뒤를 따라다니며 큰 소리로 숫자를 셌다.
"하나…… 일곱…… 열둘……."
꽃다지가 없기는 왜 없냐. 화단에, 뒤뜰에, 언덕길 동구 밖에, 밭이랑에 개울가에, 다 꽃다지다. 아이들은 꽃다지 찾아야 한다면서 꽃다지를 지나쳐서 저쪽으로 뛴다.

“어려워. 몬지 모르겠어” 이러며 뛴다.

나는 계속 숫자를 셌다.

“일흔아홉, 여든, 여든하나…….”

백이 되기 전에 아이들이 이것저것 손에 들고 교실에 들어왔다.

아이들이 꽃다지라고 뜯어 온 풀 중에서 애기똥풀은 아이들 손톱에 찍어 주고, 씀바귀는 잎을 따서 맛을 보고, 꽃다지는 귀에 대고 흔들고, 꽃다지 시를 읽고 꽃다지 노래 부르며, 내가 아주 목에 힘을 주며 아침 첫 시간을 마친 적이 있다.

그날 억지로 알려 줄 때는 하나도 안 궁금하던 풀이 지금 자기 밭을 가꾸면서는 궁금한가 보다.

“이거는요?”

“좀 전에 그거. 달개비.”

“이건 강아지풀.”

금방 알려 준 풀도 또 묻는다. 새팥, 쇠무릎, 바랭이, 명아주, 쇠뜨기, 소리쟁이……. 풀뿌리 중에서도 소리쟁이 뿌리가 굵고 깊게 박혀서 낑낑 고생스럽게 캐낸다.

내 밭

배추벌레가 야금야금
배추 잎을 갉는 것처럼

호미로 야금야금
땅을 긁는다.
내 땅을 한 뼘 넓히고
또 한 뼘 넓히고
그래도 성에 안 찬다.
아주 크게 넓혔다.
고생도 더 커졌다. (6학년 신성빈)

넓히다 보니 옆에 아이랑 땅이 붙어 버리기도 했다.

"같이 해도 돼요?"

"알아서 해. 같이 하든지, 저쪽으로 이민을 가서 따로 하든지."

이래서 처음에 아이들 수만큼 있었던 땅이 둘씩 셋씩 합쳐져서 여섯 개가 되었다.

"내일 땅콩이랑 옥수수 씨앗을 가져올게."

아이들은 자기 땅을 한 뼘 더 넓혔고, "우리 땅 합칠까?" 협상을 해서 땅은 네 덩어리가 되었다. 아침마다 자기 땅으로 출근, 쉬는 시간에도 밭으로 갔다. 어느 날은 닭똥 거름이 반쯤 담긴 포대를 주워 와서 자기 밭에 뿌리기도 했다. 얼마 전까지는 마을 밭에 뿌린 거름 때문에 똥 냄새난다며 손바닥으로 코를 막고 우웩 하던 녀석들이, 우웩 안 하는 코로 바뀌었다.

저들끼리 돈을 모아 모종을 사고, 고추, 참외, 조, 상추 씨앗을 뿌린다.

허브를 심은 아이가 있고, 브로콜리를 심은 아이도 있다.

"이건 무슨 풀이에요?"

"해바라기. 싹이 났네."

"와아!"

신났다.

갓 세상 밖으로 나온 해바라기도 참으로 귀한 대접에 감격 안 할 수 없을 것이다.

지금은 땅이 세 개로 합쳐졌다. 대농장이다. 아이들이 날마다 출근하는 땅으로 교장 선생님도 나와서 살피고 주무관도 나와서 살폈다.

"저거 저렇게 놓으면 풀밭이 돼서 하나도 못 먹어요. 풀 깎을 때 예초기로 밀 수도 없고, 지저분할 텐데……."

그러나 원래부터 풀밭이었으니까 풀밭이 된다 해도 아쉬울 것 없다. 잔소리할 사람 없다.

학교에 텃밭이 있기는 하다. 관리기로 로타리 치고 비닐 덮어씌운 밭이다. 거기에도 고구마 심고 감자 심었다. 그런데 아이들 관심은 온통 제가 호미 들고 한 뼘씩 일군 땅에 가 있다. 관리기가 와서 비닐 씌워 준 밭은 그냥 체험일 뿐, 아직은 남의 것이다. [2015.4]

손바닥보다 크게 엉덩이보다 작게 일군 땅에
씨앗을 심고 흙을 훌훌 어루만진다.
이 세상에 생겨난 자기만의 한 뼘 꽃밭.

넓히다 보니 옆에 아이랑 땅이 붙어 버리기도 했다.

"같이 해도 돼요?"

지금은 땅이 세 개로 합쳐졌다.

대농장이다.

닭장 짓기

교실 바닥에 놓인 종이 상자를 들여다보며 떠들썩하다.

남자아이들이 아침 일찍 시장에 가서 병아리 한 마리씩 사 왔다고 한다. 춘기, 병닥, 짱구……. 자기들이 지은 이름을 부르며 눈을 못 떼고 있다. 학교에서 닭을 기르겠다는 것이다. 학기 초에 닭을 기르고 싶다고 해서 그러자고 하기는 했지만 이렇게 계획 없이 갑작스럽게 일을 벌이다니. 그리고 집을 짓고 병아리를 데려와야지, 병아리부터 갖다 놓고 집을 짓겠다니.

"공부 열심히 할게요."

공부와 병아리가 뭔 관계란 말이냐.

"말 잘 들을게요."

우선은 그냥 교실에 두기로 했다.

우리 반 아이들 열하나, 그리고 병아리 다섯이 같이 교실에서 지냈다. 공부 시간에 병아리들은 삐익삐익 쉬지 않고 소리 냈지만 아이들은 고개 하나 안 돌리고 입을 꾹 닫고 조용했다. 자기들이 얼마나 공부를 열심히 하는지 보여 주기 위해서 전혀 병아리한테 눈길을 안 줬다. 안 주는 척했다.

쉬는 시간에는 진욱이 아버지가 쇠그물을 교실에 갖다 놓았다. 일부러 읍내 철물점까지 가서 사 왔을 것이다. 나중에 들으니 내가 그물을 사 오라 시킨 걸로 되어 있다. 녀석들이 나를 팔아서 지들 하고 싶은 짓을 맘대로 하고 있다. 병아리도 아마 나를 팔아서 샀을 것이다. 집에 가서 부모한테 선생님이 사 오라고 시켰다 했겠지.
"키우려면 니들이나 키워. 집을 짓든 말든. 난 안 해."

남자아이들은 쉬는 시간 점심시간에 닭장 짓는다고 운동장 옆 비탈 아래, 해바라기 꽃밭으로 몰려갔다. 하지만 하루 동안 아이들이 한 일이라고는 땅에 쇠막대기 두 개 꽂아 놓은 게 전부다. 거기에 쇠그물을 둘러치고 병아리를 풀어놓겠다는 것이다.
"내일 아침에는 살아 있는 병아리가 없을 거야. 살쾡이 너구리 고양이 배 속에 들어가 있겠지."
병아리를 그냥 교실에 두고 집으로 갔다.

다음 날 아침에 교실 문을 여는 순간 숨이 턱 막혔다. 종이 상자에서 빠져나온 병아리가 온 교실을 돌아다니며 똥을 싸 놓았다. 여자아이들은 자기 책상 위에 똥 치우라고 소리 지르고 병아리들은 삑삑거리고. 어쩔 수 없다. 밖에 내놓는 게 급하다.

"같이 지을까? 같이 지으면 모두의 닭장이야. 싫으면 말고. 어쨌든 교실은 안 돼. 추방이야."

남자아이들이 어떻게 할까 의논하더니 다 같이 짓고 키우는 걸로 하겠다고, 병아리 키울 사람은 누구나 키워도 된다 한다. 그래서 공부 시간에 공부 대신 닭장을 짓기로 했다.

실과 시간에는 톱질 망치질 하기, 미술 시간에는 일하고 그리기, 국어 시간에는 일하고 시 쓰기, 수학 시간에는 닭장 넓이 구하기.

닭장 공사

닭장을 짓는다
지구는 모두의 것이지만
닭은 길러지기 때문이다.
나무를 자를 때는 사국사국 가스스스
나무가 쓰러질 때 투두두스우스스 쿠아!
기둥을 세우니 네모난 큐브 같다.
닭은 교실에서 살고
우리는 닭장에서 살면
재미있을 것 같다. (6학년 송우현)

못 박기

땅땅땅땅쾅땅땅땅땅땅

못을 박는다.

땅땅땅땅쾅 팅~

아, 진짜~

다 박았는데 휘어졌네.

에잇 못해먹겠다. (6학년 신성빈)

아이들이랑 산에 가서 물푸레나무 가둥나무 참나무 산벚나무를 베었다. 남자아이들은 톱질 망치질 하고, 여자아이들은 망치질 톱질 했다. 산에 올라 나무를 베다가 잘린 나무와 함께 미끄러져서 허벅지를 까인 아이가 있었고, 톱질하다가 손가락을 다친 아이가 있었지만 아프다는 말을 안 했다. 약을 바르자 해도 싫다 한다.

'쓸데없이 병아리는 왜 가져와서 이 고생…….'

이런 잔소리를 듣는 것보다는 차라리 안 아픈 걸로 하겠다는 것이겠지.

기둥 세우고, 지붕 얹고, 더운데 이게 뭔 고생이냐며 내 맘대로 투덜대고, 아이스크림을 사다 주겠다는 아이들의 말을 거절하고, 다 같이 문을 달고, 울타리를 둘러쳤다. [2015.4]

닭샘

"탁샘!"

"탁샘, 놀아요."

나는 탁샘이다.

우리 학교 아이들은 나를 탁샘이라 부른다. 며칠 전까지는 그랬다. 이젠 아니다.

"닭샘!"

"닭샘, 닭장 문 열어 조요."

'탁' 할 때는 잘 달리고 잘 튈 것 같더니, '닭' 하니까 갑자기 머리가 나빠진 느낌이라 시무룩하다.

닭샘…… 이건 다 닭 때문이다.

아니, 닭을 키우자고 했을 때 냉정하게 뿌리치지 못한 내 탓이다.

닭장 지어 놓고, 월요일 아침 닭 열다섯 마리를 새로 닭장에 들여놓을 때부터 좀 불안스럽기는 했다. 아이들의 관심이 정상이 아니었다. 아니, 닭이란 걸 처음 봐? 다리 두 개고, 다리 밑에 발 있고, 목 위에 머리 있고. 그게 뭐 그리 대단한 볼거리라고 다들 몰려와서는 닭한테 눈을 못 떼고 우와, 후와, 와와와.

다음 날 아침, 하늘 맑고 갈매기 날고 벚꽃 활활 피어나는 아침, 교문을 들어서는데 학교가 떠들썩하다.

"와, 쌤 온다!"

"쌤, 빨리 와요!"

저 멀리 닭장 쇠울타리 밖에 둘러섰던 아이들이 손 흔들고 손짓하며 아주 내가 반가워 못 견디겠다는 시늉이다.

"음하하하……."

내가 우리 학교 학생들에게 이리도 환영을 받는구나.

어후, 어딜 가나 이놈의 인기는 식을 줄을 모른다니까.

걸음 멈추고 서서 엄지손가락, 검지손가락 벌려 턱에 대고 잘난 척을 했다. 우쭐 흐뭇한 마음으로 손을 흔들어 주었다. 드디어 아이들이 나를 향해 달려온다.

"아이고, 짜슥들…… 그새를 못 참아서……. 그래, 간다."

나도 두 팔을 활짝 벌리며 다가갔다. 드디어 만났다. 그런데 반갑다고 하는 행동이 이상하다. 내 양쪽 팔짱을 척척 끼고 앞에서 뒤에서 우우 잡아끌고 밀며 하는 말들이

"왜 이제 와요! 기다렸잖아요!"

"빨리요, 빨리 닭장 문 열란 말이야!"

내가 아니었구나. 닭이었구나.

윗주머니 뒤지고 아랫주머니 뒤지고 지갑을 막 꺼내 뒤지려 하고 옷도 막 구기고, 다리를 붙잡고 늘어지는 녀석도 있다. 내가 어떻게 되든 나한테는 조금도 관심이 없고 오직 닭한테만 눈이 멀었다. 이런 배신자들,

"이거 놔!"

손을 뿌리치고 튀었다.

"거기 서!"

"잡아라!"

"닭!"

헐떡이며 뛰어다녔지만 그물처럼 달려드는 이 많은 아이들의 포위를 뚫을 수가 없어서, 결국 잡혀서 닭장 열쇠를 내주고 말았다.

한 녀석이 열쇠를 쥐고 앞에 섰고, 아이들이 그 뒤를 따르며 썰물처럼 나한테서 멀어져 갔다. 닭장 문을 열고 닭장에 들어가 닭 뒤를 따라다닌다.

중병아리 열다섯 마리가 앞장섰고, 그보다 많은 아이들이 그 뒤를 따른다. 그 아이들 뒤를 내가 따라다니며 고래고래 소리쳤다.

"야, 뛰지 말라니까!"

"닭 놀라면 못 살아!"

정신없다. 닭인데, 두 발로 걷고 날개 있고 털 있고 닭일 뿐인데, 저마다 눈을 동그랗게 뜨고는 쪼그리고 앉아 손바닥에 모이를 올려놓고

"이거 먹어, 쪼쪼쪼."
"내 꺼 먹어 주라. 쭈쭈쭈."

이 많은 손바닥에서 어느 손바닥 걸 먹어야 할지 닭도 고민이겠다. 어떤 녀석은 퍼런 바가지에 물을 담아 들고는 "닭아, 물 좀 마셔 보렴" 이러며 쫓아다닌다. 아이들은 닭이 신기한지 몰라도 나는 아이들이 신기하다. 닭도 자기들 궁둥이 쫓아다니며 손 내미는 아이들이 신기할 것 같다. 그래 그런지 우리 학교 닭이 며칠 사이에 눈이 더 동그래진 것 같기도 하다. 이대로는 안 되겠다.
내가 닭장 문을 닫으며 큰 소리로 말했다.
"내일 회의해서 동물 부장을 뽑을 거야. 닭 당번도 정하고. 그때부턴 열쇠를 당번한테 맡길 거야. 학생회의에 안 와도 되는데, 혹시 올 사람 있어?"
안 오겠다는 아이가 없다.
내가 학교에서 맡은 일이 사육장, 학생회, 신문, 문집 만들기다. 한 번에 해결될 것 같다. 사육장에 닭은 자기들 앞에 쪼그리고 앉아 쪼쪼쪼 해대는 사람들 구경하느라 심심해하지 않을 것 같고, 학생회의는 1학년부터 6학년까지 다들 관심이 있으니 성공할 수밖에 없겠고, 글 써내는 사람만 닭장 출입이 된다고 박박 우기면 글도 들어올 것 같고, 그걸로 신문 만들면 되겠지.

1, 2교시 마치고 쉬는 시간이 되자 다시 우리 반 교실로 와서

"닭샘, 열쇠!"

점심시간에 또 와서

"닭장 문 열어 조요, 꼬꼬닭샘!"

남들은 닭샘이나 탁샘이나 다를 게 없다며 신경 쓰지 말라 하는데, 기억력이 떨어지고 있는 나로서는 심각한 호칭이 아닐 수 없다. 그나마 우리가 키우자는 게 닭이라서 다행이다. 개였으면 어쩔 뻔했나.

하루 뒤, 동물 부장을 뽑았다. 동물 부장은 5학년 현주가 뽑혔다. 회의에 참석 못 한 6학년 아이가 억울하다며 쓴 글을 아래에 들어 놓는다.

동물 부장

이른 아침 7시 30분에 일어나서 긴 머리를 묶고 시원하게 세수를 했다. 어푸어푸. 졸음을 꾹 참으며 8시 20분에 학교로 출발했다. 시간이 흐르고 벌써 4교시. 수업을 하고 점심시간이 되자 애들이 우르르, 교실에 불날 새라 화장실로 달려가 손을 씻고 탁탁 애들한테 튀기며 교실 앞으로 뛰어갔다.

점심을 먹고 체육관에서 농구공을 튀기며 골을 넣고 있었다. 1시 20분이 다 되어 교실에 들어갔는데 이 무슨 마른하늘에 날벼락 치는 소린가. 귓구멍을 잠깐 후벼 파며 아이들한테 다시 물어봤다.

"그게 무슨 소리야?"

돌아오는 대답은 한 가지.

"동물 부장 현주가 됐다니까!"

아니, 분명 회의 날짜가 내일이라고 들었건만. 이건 학생회장 김대한이 날짜를 바꾼 게 틀림없다. 김대한 이 자식을 어떻게 해먹을까 생각중이다. 동물 부장을 한 달 뒤에 또 뽑냐고 물어봤지만 들려오는 그 말이 내 가슴을 더 후벼 팠다.

"다시 안 뽑는데."

김대한 이 녀석! 왜 한 마디도 없이 날짜를 바꾸냔 말이냐! 내가 얼마나 동물 부장 회의를 기다렸는데! 아직도 분이 안 풀린다.

[2013.4]

"탁샘!" "닭샘!"

"닭샘, 닭장 문 열어 조요."

"왜 이제 와요! 기다렸잖아요!"

"빨리요, 빨리 닭장 문 열란 말이야!"

"이거 먹어, 쪼쪼쪼."

"내 꺼 먹어 주라. 쭈쭈쭈."

"닭샘, 열쇠!"

"닭장 문 열어 조요, 꼬꼬닭샘!"

그나마 우리가 키우자는 게 닭이라서 다행이다.

개였으면 어쩔 뻔했나.

눈 CCTV

회의합시다 하면 회의한다.

우리 학교는 할 말 있는 사람 누구라도 전교 어린이회의를 열 수 있다. 날짜와 시간, 그리고 왜 모여야 하는지 쪽지에 써서 복도 벽에 붙이면 된다. 관심 있는 사람은 모여라. 셋만 모여도 회의는 열린다. 아니, 한 명만 와도 되겠지. 나랑 둘이 말하면 되니까.

시간 : 4월 10일 12시 50분

장소 : 슬기샘터

주제 : 정민이가 오빠들에게 괴롭힘을 당한다. 어떻게 할까?

회의 열자고 쪽지를 써서 붙인 사람은 4학년 황윤서다. 16명이 모였다. 3학년, 4학년, 5학년 몇이 왔다. 6학년도 오고, 괴롭힘을 당했다는 아이도 오고, 괴롭혔다는 오빠들도 왔다. 괴롭힌 오빠들이야 회의가 안 열리면 좋겠지만, 어차피 열리게 되었으니 회의에 와서 불쌍한 얼굴로 앉아 있거나 뭐라도 변명을 하는 게 자기한테 유리하다고 생각했을 것이다. 개회 선언을 하고, 오늘 회의를 열자고 한 황윤서가 써 온 글을 읽었다.

> "야, 나뭇가지 물어 와!" 도혁이 오빠가 나뭇가지를 휙 던진 다음 그걸 물어 오라고 정민이한테 시켰다. 도혁이 오빠는 정민이를 개 훈련시키듯 한다. 나는 지나가다가 그걸 보고 이렇게 말했다. "오빠, 왜 그래. 하지 마." 광호 오빠와 도혁이 오빠는 나한테 이렇게 말했다. "뭐!! 이 병신아 신경쓰지 마." 무서운 얼굴이었다. 정민이는 개처럼 네 발로 기면서 물어 왔다. 정민이가 나뭇가지를 물고 기어오니까…….

이건 장난으로 볼 수 없다.
학년이 바뀌고 꽤 날짜가 지났건만 오늘에 와서야 이런 일을 알게 되다니. 내가 3월 첫날부터 이제까지 한 일은 정민이를 보아주고 인정해 주는 일이 아니었다. 혼내는 일이었다. 어찌 된 녀석이 날마다 여자아이들한테 해코지를 하는지. 모래를 뿌리고, 잠바를 휘둘러 눈을 다치게 하고, 넌 니네 엄마 닮아서 뚱뚱하다며 상처를 주고, 주먹으로 치고, 욕을 했다. 반성문을 썼고, '뒤에 가 손들고 서 있어 인마' 이것도 몇 번 했다. 폭력을 쓰는 아이로만 알았다. 폭력을 당하는 아이란 생각은 못 했다.

다른 날과 마찬가지로 어제도 녀석을 꾸짖고 있었다. 그러다가 여자아이가 중얼거리는 말로 "정민이도 안됐어요" 이래서 내 귀가 번쩍 뜨였다. 늘 정민이 혼내 달라고 징징 이르기만 하던 아이가 정민이 편을 들어 주니 어쩐 일인가. 자세히 물어서 형들이 개 훈련시키듯 장난친 일을 알게 되었다. 이런 식으로 형들한테 당하고 지냈으니 쌓여 있는 불만을 어딘가에 마구 털어 낼 수밖에 없었을 것 같다.

다시 회의 장면으로 가서, 아까 하던 얘기 계속.

회의에 온 3, 4, 5, 6학년 아이들이 한마디씩 했다.

"아예 못 만나게 해요."

"한 학년씩 밑으로 내려 보내자."

"광호 오빠랑 도혁이 오빠를 아예 교실 밖으로 못 나오게 해요."

"우리 학교 모든 사람이 감시하자. 광호 오빠랑 도혁이 오빠가 누굴 괴롭히는지."

"CCTV를 설치하자."

"CCTV를 들고 따라다녀요."

'눈 CCTV'로 의견이 모아졌다. 우리 학교 전교생은 일주일 동안 눈에 CCTV를 달고 6학년 광호와 도혁이를 살피기로 했다. 그리고 또 한 가지, 봉사 활동으로 하루에 쓰레기 열 개 줍기. 쓰레기 열 개 줍기는 폭력 오빠 입에서 나온 말이다. 뭔가 벌을 받기는 해야 할 것 같은데, 회의가 끝나 갈 때까지 자기들이 벌 얼마나 받을지 얘기가 안 나오니까 스스로 하루에 쓰레기 열 개를 줍겠다고 한 것 같다. 동생들이 형아들 일에 대해서 잘못이라며 한마디씩 야단치는 것, 그런 말을 들으며 자존심 뭉개며 꼼짝없이 앉아 있어야 하는 것, 그것으로도 이미 큰 벌이라는 걸 눈치 못 챘나 보다.
"회의에 참여한 학생들은 오늘부터 눈을 번쩍 뜨고, 눈에 CCTV를 설치해서 6학년 김광호, 장도혁을 살펴야 합니다. 자기 눈과 귀로 살핀 것을 날마다 기록해 주기 바랍니다. 그리고 6학년 김광호, 장도혁은 오늘부터 날마다 쓰레기 열 개씩 주워야 합니다. 열심히 감시받고 열심히 주워서 반성하고 있다는 것을 보여 주기 바랍니다. 일주일 뒤에 다시 회의를 열겠습니다. 쾅쾅쾅."

이렇게 회의를 마쳤다. 회의에 참석했던 아이들은 이날부터 눈 CCTV로 6학년 광호와 도혁이가 또 동생들을 괴롭히는지 감시하기 시작했다.
벽 뒤에 바짝 붙어서 "빠밤…… 빠밤……" 입으로 소리를 내며 6학년 형을 따라다녔다. 탐정 놀이하듯 건물 모퉁이에 숨어서 또다시 나뭇가지를 던지는 것은 아닌지 살폈다. 체육관 갈 때도 계단을 내려갈 때도 저 멀리 뒤에서 안 보는 척하며 형을 감시했다. 그리고 자기네가 본 것을 날마다 종이에 써서 벽에 붙였다.
6학년 도혁이가 '애들이 제발 그만 좀 쫓아다녔으면 좋겠어요' 하소연했다. 한편으로는 주목받는 몸, 인기 스타가 된 듯 기뻐하는 얼굴이었다. 사흘 치 기록을 들어 놓는다.

> 정민이는 오늘 많이 웃었다 오버. 도혁이 형은 친구들과 자전거를 타며 놀았다. (4학년 이경현)

도혁 오빠는 오빠의 빵빵한 배로 정민이를 때리지 않았다. 또 공으로 정민이의 배를 맞히지도 않았다. (4학년 김수연)

광호 오빠는 때리지 않았다. 나뭇가지를 던져놓고 가서 물어오라고 시키지도 않았다. 그냥 같이 재미있게 놀으면서 놀았다.

(4학년 이영원)

나는 오늘 광호 형이 정민이한테 "야이새끼야"라고 말하는 걸 못 들었다. (4학년 장준태)

미행당하는 6학년 광호와 도혁이는 도저히 못 견디겠다며 하소연했다.

"애들이 제발 그만 좀 쫓아다녔으면 좋겠어요. 화장실도 따라와요."

한편으로는 아이돌 스타가 된 듯한 기분을 내는 것 같았다. 아이돌 스타도 남이 안 보는 자기 집 안에서는 구질구질할지도 모른다. 그러나 대중 앞에서는 얼마나 멋진가. 어느 자리에서나 지켜보는 눈이 있다는 걸 알면 멋진 척할 수밖에 없는 것이다.

6학년 두 아이도 친절하게 말하고 웃는 얼굴을 지으려 애썼다. 주머니에 사탕을 넣어 갖고 다니다가 주었고, 동생을 도와주는 척하며 아주 착한 형이 되고 말았다. 그게 위선이라도 고맙다.

자기가 얼마나 까칠한지 보이려 애쓰는 '위악'의 세계에서 '위선'은 얼마나 고마운가.

도혁이 오빠,

천사인 것 같다.

정민이에게 잘 해주는 모습
참 보기 좋다.
다정한 가족 모습 같다.
정민이 얼굴엔
웃음이 가득하다. (4학년 김수연)

……우리는 오빠들을 모두 감시했다. 그 후로 내 눈은 신기하다. 오빠들이 좋은 행동하는 것만 보이고 맛있는 거 주는 것만 보이고. 내가 볼 때 오빠들이 천사. 날개를 펄럭이는 천사. 어제는 악마. 오늘부터 천사. 우리 모두 천사. (4학년 황윤서)

CCTV 며칠 만에 아이들 입에서 형들이 착해졌다는 말이 나왔다. "나대지 마." "꺼져." 이 말을 입에 달고 다니던 그 형들이 갑자기 다른 형이 되었다는 것이다. 그 오빠는 천사라는 말도 나온다.
아니, 사람이 이럴 수가 있나. 사람이 며칠 새에 바뀔 리 없고, 그리 쉽게 바뀌어서도 안 된다. 하지만 바뀐 척 착한 척 하는 것, 정의 친절 민주주의한테 져 주는 척하는 것, 그것으로도 충분하다.

도혁이 형이
내가 인사 안 했다고
재수 없다고 한다.
자기도 안 하면서.

나는 도혁이 형의 초대형 엉덩이를
손바닥으로 때리고 싶다. (4학년 장준태)

사실 '도혁이 오빠 천사'라는 말보다는 준태 글에 나온 대로 "때려 주고 싶은 엉덩이를 실룩이며 걸어가는 도혁이"가 더 믿음이 간다. 동생들이 까불거리며 이런 글을 쓸 수 있다는 건 도혁이 형이 자신의 초대형 엉덩이만큼 그 마음도 너그럽다는 것 아니겠나.

그동안 형들에게 눌려 숨이 막혔을 것 같은 정민이도 그날 뒤부터 지금까지 남을 안 괴롭히고 있다. [2014.4]

눈 CCTV 2.0

칠판에 쓰여 있는 정완영 선생의 시를 읽었다. 어제 청소 시간에 아이가 적어 놓은 시다.
정완영 시인은 1919년에 태어났으니 올해 96세이다. 변함없이 시를 쓰는데, 점점 더 좋은 시를 쓰시는 것 같다. 96세에도 날마다 시를 붙들고, 날마다 새롭고 낯설고 두근거리는 시인…….
나도 안 늦은 거 아닐까. 지금부터 갈고 닦으면 한 40년 뒤에는 시를 한 편이라도 쓸 수 있을지. 아니, 지금 이 자리 이 순간에 시가 없는 사람한테 내일 시가 와 줄 리 없고 모레에도, 40년, 41년 뒤에도 마찬가지.
하여튼 선생처럼 지금 이 순간 이 자리 세상 어느 틈에서든 빛을 찾아내는 사람은 이 세상에 아주 오래 남아 있으면 좋겠다.

감꽃

바람 한 점 없는 날에, 보는 이도 없는 날에

푸른 산 뻐꾸기 울고 감꽃 하나 떨어진다
감꽃만 떨어져 누워도 온 세상은 환하다

울고 있는 뻐꾸기에게, 누워 있는 감꽃에게
이 세상 한복판이 어디냐고 물었더니
여기가 그 자리라며 감꽃 둘레 환하다 (《사비약 사비약 사비약눈》)

한성: 감꽃 떨어진 걸 누웠다고 한 게 사람 같아.

현서: 감꽃이 자기 스스로 다 컸다고 엄마 곁 떨어질 나이라고 스스로 독립했어.

한성: 너도 그런 날이 와.

현서: 정완영은 위대한 사람 같아요. 다른 사람은 그냥 예쁘다고 할 텐데, 이 사람은 자기 눈에 띈 것을 위대하게 만들어 줬어요. 거기가 중심이라고 하고.

석진: '눈 CCTV'랑 비슷해. 그런데 이 시가 더 업그레이드 됐어. 눈 CCTV는 1.5인데 이 시는 2.0.

현서: 감꽃이 환한 것보다 내가 봐줘서 그 자리가 환한 거니까 봐주는 놀이해요. 그 사람의 행동을 좋게 봐줘서 그 사람을 환하게 하는 놀이. 눈 CCTV인데, 좋은 점만 보는 것.

준혁: 마니또?

현서: 그거랑 달라. 선물 주는 거 말고, 관찰 놀이. 서로 좋은 점 찾기.

눈 CCTV는 지난번 아이들 회의 자리에서 나온 말이다. 두 달이 지난 오늘 교실에서 '감꽃'을 읽고 아이들이 한마디씩 하는데 이 말이 다시 나왔다.

감꽃 떨어진 자리가 환한 건 시인이 환하게 봐줘서 환한 거니까 그때 그 눈 CCTV랑 비슷하다고. 그때는 어둠을 감시하는 CCTV였는데, 이번에는 둘레를 환하게 해 주는 '업그레이드 눈 CCTV 2.0'이라고.

아이들 말대로 서로서로 누가 멋진가 보아주는 놀이, 그것을 찾아 주는 눈이 더 멋진 놀이, 업그레이드 눈 CCTV 2.0 놀이를 시작했다.

현서가 눈 CCTV로 한성이의 멋진 모습을 찾아내서 글을 썼다. 쓴 글을 아이들 앞에서 읽었다.

교실 창문을 연 김한성

아침에 오니 교실 창문이 열려있다.
"어! 누가 문 열었어?"
"내가!"
한성이가 번쩍
하늘을 찌를 듯이 손을 들었다.
한성이가 큰일을 했다.
한성이 짱! (4학년 황현서)

아이들은 장풍 날리듯 두 손을 모아서 교실 창문을 연 한성이한테 반짝반짝 빛을 보냈다. 감꽃 떨어진 둘레처럼, 무대 조명처럼 한성이 자리가 환했다.

한성이를 세상의 중심으로 만들어 낸 현서의 자리도 환했다.

'교실 창문을 연 김한성'을 읽은 다음 날에는 창문 열기 경쟁이 붙어서 옆에 옆에 6학년 교실에 달려가서 문을 열어 주는 아이가 있었다.

인사

닭장 당번을 하는데 준태가 달려와서 헤어지는 인사를 한다.

"수연아, 주말 잘 보내."

일하고 있는 나한테 와서 이런 말을 한 사람은 준태뿐이다.

"준태야, 너도 잘 지내. 월요일에 보자."

준태가 이럴 때는 되게 착하다. (4학년 김수연)

헤어지는 인사를 한 준태도 환한 빛을 받았다. 개구리밥을 관찰한 정민이도 빛을 받았고, 공부 시간에 무엇을 생각하는 듯이 앉아 있었던 경현이도 빛을 받았다.

그런데 나는 아직 못 받았다. 나도 아이들 눈에 뜨여서 빛을 받아 보려고 아침에 큰 소리로 인사를 해 보기도 하고 교실 바닥에 쓰레기가 있으면 "야, 나 이거 줍는다" 큰 소리로 알려 주며 주웠는데도 내가 한 착한 일을 글로 써 주는 아이가 없었다. 아, 글이 한 편 있기는 하다.

2학년 아이들이 / "ㅎㅎㅎㅎ 저기 있다 ㅎㅎ" / 떠들며 탁샘을 "찜"했다. / 2학년 아이들이 / 탁샘을 빼앗아 갔다. // 탁샘은 생글생글 웃으며 / 2학년과 '무궁화꽃이 피었습니다'를 하고 있다. // 운동장엔 5학년과 4학년과 축구공이 / "흥, 도라지꽃이나 펴라." 하며 / 탁샘을 기다리고 있다. / 땀을 뻘뻘 흘리며 기다리고 있다. (4학년 김수연)

나도 빛을 받아야 하는 것 아니냐고 물어보니까 아니라고 한다. 이건 잘한 게 아니라고, 배신이라는 말만 듣고 말았다. 감꽃은 누워 있기만 해도 그 둘레가 환하다는데 나는 아직 안 환하다. 나도 둘레가 환한 날이 오도록 하고야 말테다. [2014.7]

"감꽃이 환한 것보다 내가 봐줘서
그 자리가 환한 거니까 봐주는 놀이해요.
그 사람의 행동을 좋게 봐줘서 그 사람을 환하게 하는 놀이.
눈 CCTV인데, 좋은 점만 보는 것."

아이들 말대로 서로서로 누가 멋진가 보아주는 놀이,
그것을 찾아 주는 눈이 더 멋진 놀이,
'업그레이드 눈 CCTV 2.0' 놀이를 시작했다.

화분에 싹, 누가 뽑았을까

“범인 잡아요!”

“회의해요!”

어제에 이어 오늘 또 누가 창가 화분에 어린 싹을 뽑았다.

자기 화분에 심은 땅콩 옥수수 강낭콩 피마자 해바라기 뿌리가 뽑혀 시든 것을 보고 아이들이 난리다. 나도 화가 나서 식식거렸다. 식물하고 뭔 원수를 졌다고 뽑고 꺾고 파헤치는지. 이따위 시시한 녀석, 어떤 녀석인지 그냥 잡기만 하면 이 주먹으로 머리통을 쾅…….

“오늘은 그냥 못 넘어가! 범인을 잡겠습니다.”

큰소리는 쳤지만 무슨 수로 범인을 찾는단 말이냐. 주리를 틀어 자백을 받을 수도 없고.

“여기에 그림을 그려 보세요.”

종이 한 장씩 내주었다.

“사랑이 없는 사람이 범인. 그림을 보면 알 수 있어. 사랑을 담아 사랑스럽게 잘 그린 사람은 범인일 수가 없어. 사랑을 담지 못하고 대충 그린 사람이 범인이야."

"아휴…… 씨."

아침에 딱지치기도 해야 하고 뭐도 해야 하고 재밌는 계획이 꽉 있는데, 창가 화분에 있는 식물이나 그리라니 불만스럽겠지. 하지만 이건 범인을 잡는 문제니까 불만이 있을 수 없지.

"불만이 있는 사람이 범인!"

아이들이 아무 불만 없는 얼굴로 방글방글 웃으며 종이를 한 장씩 들고 창가 화분 곁으로 갔다.

"난 원래 그림 잘 못 그려요. 불리해요."

경현이가 자기는 싹을 안 뽑았는데 그림 실력이 없으니까 자기가 범인이 될 게 뻔하다고, 억울하다고 호소했다. 못 그리는 사람이 애써서 해내면 더 위대한 작품이 되는 거라고, 고흐라는 사람도 그래서 위대한 화가가 된 거라고 구슬렸다.

아이들이 그림을 그리는 동안 나는 시집을 뒤적여서 시 한 편을 골랐다. 시는 무엇을 어떻게 골라도 대충 이 사건과 연결이 된다. 눈앞에 닥친 문제를 빙 돌아가서 들여다보고 풀어내는 힘이 있다.

내가 칠판에 시를 적는 동안 아이들이 다 그렸다며 그림을 들고 앞으로 나왔다. 아이들이 그린 그림을 책상에 내려놓고는 다 같이 시를 읽었다.

민들레를 예쁘게 하는 힘

꽃잎 활짝
노랗게 빛나도록
힘차게 받치고 선 꽃받침

무릎 꿇고
두 손을 짚고
머리도 숙이고
뺨까지 땅에 대고서야

드디어 보인다. (김하늘 《마중꽃》)

"이 시는 어디가 부족한 것 같아요. 어려워요."
"저도 이 시가 어렵다고 생각해요. 뭔 말인지 모르겠어요."
어렵다는 건 당연한 반응이다.
시를 눈으로만 읽으면 어려울 수밖에 없다.
어렵다는 반응이 밑을 깔아 주어야 안 어렵고 알겠다는 반응도 나오는 것이다.
아이들 말이 계속 이어진다.

현서: 아, 알았다. 민들레가 예쁜 것보다는 사람이 이쁘게 보려고 무릎

꿇고 손 짚고 땅에 빰까지 대면서 고생하면서 정성스럽게 보는 거다. 그래서 예뻐.

석진: 저 꽃 보는 사람은 어린 것 같아요. 어른은 위에서 보는데 어린애는 호기심도 있어서 그렇게 밑에서 보는 거예요.

동철: 어른 중에서도 그렇게 보는 사람 있어. 나…….

현서: 민들레가 부담스러울 것 같아. 못생긴 아저씨가 집중해서 보니까 엄청 부담될 거야.

한성: 민들레는 그 사람이 보는 게 황당할 거야.

영원: 시 쓴 사람은 어린애 같은 마음을 가진 사람.

동철: 이런 시를 쓰는 사람은 이틀 연속 화분에 싹을 뽑을까?

석진: 안 뽑을 것 같아요. 화분 뽑은 사람은 식물에 대한 마음이 없으니까 뽑았겠지요.

현서: 시를 쓴 사람이 아저씨든 어른이든 어린애든 이쁜 걸 보면 가만히 와서 보고 좋아하는데, 우리 반 식물 뽑은 사람은 꽃이든 뭐든 상관없이 무조건 뽑는 사람이에요.

여기까지 하고, 이제 다시 화분에 식물 뽑은 범인 얘기로 돌아갔다.

"방금 그림을 그렸지? 그림은 모두 잘 그렸어. 통과!"

"……."

"그런데 아무래도 그림으로는 범인을 못 찾겠어. 이번엔 시야. '민들레를 예쁘게 하는 힘'을 쓴 시인의 눈으로 화분에 식물을 보세요. 마음을 담아 마음의 눈으로 보고, 식물한테 말을 걸고, 말을 들어 보고 시를 한

편씩 써 보세요. 마음을 주지 못하는 사람, 쓴 시에 사랑이 안 느껴지는 사람이 범인이야. 분명해."

이번에도 불만이 있을 수 없지. 불만이 있을 수 없는 아이들이 공책을 들고 화분 곁으로 갔다.

"시를 쓰고 말 거야."

"앙, 흑흑, 시가 되어야 해."

화분을 들여다보는 스무 개의 눈동자.
눈 떼지 않는다.
숨소리 없다.
애정을 끌어올려 마음으로 보려 애쓴다.

범인이 안 되려고, 자기가 얼마나 식물을 사랑하는지 증명하려고 있는 힘을 다해 살피고 관찰하고 집중한다.

우리 가운데 누군가는 시를 쓰는 저 손가락으로 어제 오늘 화분을 망치기도 했겠지만, 지금 끙끙 애쓰는 저런 정성이라면 같은 일을 또 하지는 않을 것이다.

반은 장난으로 시작한 '범인 찾기'인데, 지나치게 몰두하며 시를 쓰는 아이들을 보니 갑자기 겁이 더럭 난다. '범인'이라는 말도 맘에 걸린다. 사실은 '범인'이 아니라 '호기심 대장' 정도가 맞는 말이다. 흙을 불룩 밀고 올라오는 곡식 씨앗을 보면 호기심이 생기는 건 당연하고, '도대체 씨앗에 어떤 비밀이 숨어 있는 건가' 손가락이 근지러울 수밖에 없지. 어린이라면 흙을 파헤치고 뿌리를 뽑아 보기도 해야 정상인 것이다.

한 사람도 빠짐없이 글을 써서 냈다. 이제 결판을 낼 차례.

아이들 글을 들고 있는 내 손이 떨렸다. 떨며 말했다.

"이건 아주 중요합니다. 물 먹고 오세요. 맑은 정신으로 판단을 해야 합니다. 아이고, 떨려. 덜덜덜……."

아이들이 물 먹고 와서 다시 자리에 앉았다. 귀 쫑긋, 눈 반짝. 이제부터 자기가 쓴 시에 마음이 있다는 판정이 나오면 살고, 마음이 없다는 판정이 나면 죽는 거다. 그런데 시를 잘 못 썼다는 걸로 우리 반 화분을 망친 범인이 되어 버리면 얼마나 억울할까. 평생 상처가 되는 일 아닌가.

"그럼 시를 읽겠습니다. 쓴 사람 이름은 밝히지 않겠습니다. 시를 잘 듣고, 시에 사랑의 마음이 있다 생각이 들면 손을 드세요. 한 명이라도 손을 든 사람이 있으면 식물에 대한 사랑이 있는 사람이라고 인정받은 거니까 범인이 아닙니다."

나는 내 손을 무조건 들어 올리리라 마음먹었다. 그럼 적어도 한 사람은 손을 들었으니까 범인이 아니다. 시를 쓴 아이도 자기 시에 손을 들어 주길 바란다.

시를 읽었다.

정성껏 마음을 담아 조심스럽게 간절하게, 좋은 시라고 느껴지도록 천천히 천천히, 떨면서 읽었다. 이 글을 읽는 사람도 아이들 글을 같이 읽으며, 누가 범인인지 찾아 주기 바란다.

식물 뽑은 사람

우리 4학년은 식물 뽑은 범인을 잡아야 한다. 이 식물이 기껏 환한 곳으로 나왔는데 너무 불쌍하다. 땅콩은 머리만 있고 뿌리가 없다. 옥수수도 뿌리가 뽑혀 시들고 있다. 살아있는 옥수수도 편안하지 않게 자라고 있다. 같이 있던 친구 식물이 뽑혀서 살아있는 옥수수가 슬퍼하고 있다. 나는 이 식물을 살리고 싶지만 나도 못 살린다. (4학년 장준태)

"이 시에 사랑이 있다고 생각하는 사람은 손드세요. 하나 둘 셋!"

나까지 여덟 명이 손을 들었다.

"한 명 넘게 손을 들었으니까 준태는 범인이 아니야."

"후유우, 살았다!"

준태가 숨을 푸욱 내쉰다. 나도 다행이다. 계속 읽는다.

해바라기

해바라기는 씨앗을 깨고 흙을 뚫고 나왔다.
아프게 아주 아프게 나왔다. (4학년 이경현)

"아, 경현이는 씨앗이 아픈 걸 마음으로 느꼈네. 시에 사랑이 있다고 생각하는 사람? 하나 둘 셋!"

아홉 명이 손을 들었다. 경현이가 숨을 푸욱 내쉬며 안심을 했다. 나도 안심. 계속 읽는다.

땅콩의 고생

땅콩이 땅을 들고 올라온다
아다다다다다다
역도처럼 땅을 들고 올라온다
땅콩은 무거운 땅을 어떻게 들고 올라올까
땅을 콩하고 들어 올려서 땅콩인 것인가. (4학년 박문현)

땅콩

땅콩은 어둡게 나왔다.
땅속에서 잠을 자다가 갑자기 잠이 깨서는
억지로 뚜껑을 열었다. 뚜껑 여는 소리 뻥! (4학년 양정민)

문현 9표, 영원 8표, 준혁 5표, 현서 3표, 정민 8표……. 모두 통과다. 후유우우, 다행이다. 큰일 날 뻔했다. 내가 다시 한 번 가슴을 누르며 숨을 푸욱 내쉬었다. 그런데 통과 안 된 사람이 우리 반에 하나 있다고 아이들이 따진다.
"우리 아이들 중에 아무도 없으니까 탁샘이에요. 탁샘이 식물 뽑았어요."

"맞아요. 탁샘이 범인!"

할 수 없이 내가 범인이 되었다.

"미안합니다. 다음부턴 안 그럴게요."

정말로 미안해서 미안하다고 빌었다. 아이들이 한번만 용서해 준다고 했다.

"용서해 줘서 고마워. 그런데 아이고 어떻게 하나. 첫째 시간 공부 하나도 못 하고 끝났네. 그놈에 화분 때문에."

아이들이 "오 예!" "와아아!" "아다다다다다다!" 떠들며 환하게 밖으로 나갔다.

즐겁게 떠들며 나가는 소리 중에 "야, 선생님이 범인은 아니야" "당연하지" 이런 소리도 들린다. [2014.5]

범인 잡아요!

회의해요!

"우리 아이들 중에 아무도 없으니까 탁샘이에요. 탁샘이 식물 뽑았어요."

"맞아요. 탁샘이 범인!"

"미안합니다. 다음부턴 안 그럴게요."

즐겁게 떠들며 나가는 소리 중에 “야, 선생님이 범인은 아니야” “당연하지”

이런 소리도 들린다.

우리 학교에는 주인 많은 못이 있다

통일 교육을 한다고 해서 전교생이 체육관에 모였다. 곱게 옷을 차려입은 탈북 여성이 마이크를 들고 아이들 앞에 서서 강연을 했다.

"북한 아이들은 방학이 되면 농장에 가서 일을 해야 합네다."

여러분은 행복하지만 북한 아이들은 그렇지 못하다는 말을 하려는 것인데, 아이들 반응이 뜻밖이다.

"와아, 좋겠다아!"

탈북 여성이 당황했는지 북쪽 아이들이 고생한다는 말을 더욱 강조해서 말했다.

"여러분은 방학이 되면 놀러 가고 학원 가서 배우고 싶은 것도 배우고 그러잖습니까. 북쪽 아이들은 농장에 가서, 해는 뜨겁고……."

아이들이 또다시 한숨을 쉬듯이 대꾸했다.

"와아 씨팔, 거긴 좋겠다아, 우린 맨날 공부만 하는데……."

탈북 여성은 이곳 함경도 실향민 아바이 마을 아이들이 얼마나 호미와 삽을 좋아하는지 미처 몰랐던 것이다.

며칠 뒤에 학교 뒤뜰에 못을 팠다. 한쪽은 얕게 파서 벼를 심고, 한쪽은 깊게 파서 연꽃을 심기로 했다. 삽으로 땅을 파고 호미로 모래를 긁었다. 몇몇은 처음부터 끝까지 손에서 삽을 놓지 않았다. 쌀농사 지어서 떡볶이 만들면 많이 먹을 거라며 푹푹 삽질하는 한성이, 새로 산 신발이 흙표 신발이 되어 버린 수연이, 흙 꾸정물 치마도 상관없다는 현서, 모래 뒤집어쓴 석진이……. 이 꼴을 부모들이 본다면 뭐라 하겠는가.
"그만해라. 니네 엄마가 선생님 욕하겠다야."
"싫어요. 계속할 거예요."
억지로 시킨 일이라면 이렇게 할까. 억지로 하는 일이라면 일이 밉겠지. 농사일에 시달린 어릴 적 내 동무들이 어른이 된 지금 농사라면 고개를 내젓는 것처럼. 문제 풀기 공부에 시달린 아이들이 평생 공부와 담을 쌓게 되는 것처럼.

무릎 깊이까지 파내고 바닥에 방수포를 깔고 다시 흙을 덮었다. 물 출렁출렁 가로 6m, 세로 3m, 18m²짜리 못 완성. 산골이라면 여기까지만 해도 된다. 물 고인 못이 있으면 개구리든 뭐든 옮겨 와서 살게 되어 있다. 하지만 이곳 함경도 실향민들이 모여 사는 청호동 바닷가 마을은 다르다. 아무리 용감한 개구리라도 찻길 건너 호수 건너 여기까지 올 수는 없는 것이다. 사람이 억지로 이사를 시키는 수밖에 없다. 개구리 처지에서는 제 뜻과 상관없이 옮겨 왔으니 이곳 못이 밉고 억울하겠지만.

하루 뒤, 마을 논에 가서 개구리를 잡았다.

팔짝 뛰는 참개구리는 덥석 쥐어 망에 넣고,
풀잎 위에 청개구리는 살금살금 낚아채고,
물에 떠서 눈만 빼꼼 내놓은 무당개구리는 물속에 손을 넣어 잡아챘다.
무당개구리, 이놈은 고추처럼 푸르고 새빨갛고 매워서 고추개구리다.
고추보다 더 매울지도 몰라.

어릴 때 책가방 메고 학교 가다 말고 도랑가에 앉아 만진 적이 있다. 초등학교 1학년이나 2학년 때쯤일 것이다. 고추개구리를 만지며 놀다가 눈을 비볐는지 눈이 아파서 눈물 줄줄 울며 다시 집으로 간 기억이 있다. 그 뒤로는 무당개구리를 손에 만져 본 적 없다. 그런데 40년 뒤에 다시 만진다. 다 큰 어른이 뭔 짓이냐, 동네 사람 보기에 남세스럽기도 하고, 한편으로는 자랑스러운 마음도 있고. 올챙이도 잡고 미꾸라지도 잡았다. 월요일에 가니 경현이네도 황소개구리를 잡아서 못에 넣었다고 한다. 일요일에 아버지랑 어디 가서 잡아 왔다고 한다.

사흘쯤 지났다.

학교 마치고 교문 나서는데 5학년 태근이가 자전거 타고 지나다가 묻는다.

"저 5천 원 내야 돼요?"

그게 뭔 소리냐 하니 5천 원을 내야 연못 볼 수 있는데, 자기는 그것도 모르고 그냥 연못을 봤다고 한다. 5천 원 안 내고 공짜로 봐도 된다 하니 "진짜지요? 내일 또 봐야지" 하며 신나게 페달을 밟고 멀어져 간다. 이건 무슨 일인지. 아까 낮에는 2학년 남자아이가 "선생님, 비밀" 이러며 다가와서 내 귀에 대고 사실은 자기가 두 눈을 뜨고 봤는데 한 쪽 눈으로만 봤다고 4학년한테 거짓말을 한 거라고, 비밀 꼭 지켜 달라고 속닥속닥했다. 그게 뭔 소린가 하며 그냥 넘어갔다.

다음 날 아침, 4학년 우리 반 아이들한테 물었다.
"연못을 두고 이상한 말들이 있던데 그게 뭐야?"
아이들이 화를 내듯 큰 목소리로 한마디씩 떠들어 댄다.
"우리는 살살 보는데 다른 학년들은 막 들어가요. 둑 무너져요."
"오빠들이 자기네는 연못 파지도 않았으면서 막 가서 밟잖아요."
그래서 아무나 막 못 들어가게 규칙을 만들었다 한다. 아이들이 만들었다는 규칙은 이렇다.

1. 일 안 한 사람은 한 쪽 눈으로 구경하기
2. 몰래 보면 5백 원
3. 몰래 들어가면 5천 원
4. 두 번 몰래 들어가면 만 원
5. 개구리 먹으면 5만 원
6. 개구리 가져가면 20만 원
7. …….

이게 주인 행세라는 거겠지. 내가 한마디 했다.
"니네가 주인 행세하면 주인 아닌 아이들은 도둑같이 나쁜 마음이 될

지도 몰라. 밤에 몰래 와서 연못을 망가뜨릴 수도 있어."

"……."

"귀한 것일수록 큰 목소리로는 못 지켜. 규칙으로는 못 지켜. 총칼로도 못 지켜."

아이들이 와글와글 비상 대책 의견을 냈다.

"우리는 연못 만들 때 일을 해서 주인이 되었으니까 다른 학년도 일을 하게 해서 주인으로 만들자."

"돌멩이 하나라도 갖고 와서 꾸미라고. 그러면 자기가 일했으니까 다 같이 주인이 된다."

"연못에 있는 개구리보고 참 예쁘다고 칭찬만 해도 주인이 되게 하자."

모두 주인이 되게 하자? 좋은 방법 같다. 주인이 되면 두 눈 뜨고 연못을 아끼겠지. 연못도, 연못에 비친 하늘도 구름도 더 귀하겠지.

도망친 청개구리

청개구리가 연못에 있었다.
다음날 가보니 없어졌다.
내가 개구리였더라도 도망치고 싶었을 것이다.
애들이 몰려와서
와와 개구리 봐라 하고 소리치고

손으로 만지고 해서
귀찮았을 것이다. (4학년 김한성)

우리 학교에는 주인 많은 못이 있다.
벼가 자라고 물풀이 자라고 참개구리 청개구리 울고,
무당개구리가 흑흑 울고,
미꾸라지가 바닥을 헤집고 우렁이가 기는 못.
하늘과 구름이 있고,
흙물로 몸이 얼룩얼룩한 아이들의 손때가 있는 못.

그런데 좀 후회스럽기도 하다. 아침마다 나한테 와서 오늘 점심시간에는 우리랑 좀비 놀이하고 놀아요, 술래잡기해요, 축구 해요 하며 나랑 친한 척하던 학교 아이들이 갑자기 싸늘하다.
다들 연못에 몰려가서는 와글와글, 개구리 올챙이랑 인사하느라 나는 본체만체.
내 인기가 개구리보다 한참 밑으로 추락할 줄 어찌 알았겠나.
내가 바로 인어 공주, 아니 인어 아저씨라 우기며 연못가를 기웃거리며 예쁘게 노래도 불러 봤지만 시끄럽다고 못생겼다고 저리 꺼지라고 욕만 먹고.
연못, 괜히 만들었다. [2014.6]

우리 학교에는 주인 많은 못이 있다.

하늘과 구름이 있고

흙물로 몸이 얼룩얼룩한 아이들의 손때가 있는 못.

교무 선생님

회식을 하다가 밤이 늦어졌는데 교무 선생이 완전 취해가지고는 우리 학교 직원 한 선생이 왜 이 자리에 없냐고, 불러야 한다고, 전화를 하는데 취해서는 번호를 누르다가 틀리고 틀리고 자꾸만 전화기 탓을 하며 화를 내고 해서, 그걸 보고 있는 내가 답답스러워서 암마, 내가 전화해주겠다고, 내 스마트폰에 저장된 한 선생 번호를 찾아서 눌렀다.

신호가 가고 전화를 받는데 귀에 익은 목소리가 아니었다. 내 손가락이 한 선생 대신 우리 반 학부모 한성이 엄마 번호를 누른 것이다. 그래서 그 밤중에 학부모한테 전화를 하게 되었다. 선생님 웬일이세요? 해서 당황하다가 "죄송합니다. 잘못 걸었습니다" 하기에는 정말로 죄송스럽고 체면이 안 서고.

그래서 "아유, 한성이가 학교에서 얼마나 잘하는지 갑자기 보고 싶어서……" 이렇게 말을 하고 나니 나도 갑자기 울컥 사랑스런 마음이 우러나고, 그 엄마도 좋아서 막 건넛방에 들리게 내 말을 남편이나 다른 식구한테 전하느라 떠들썩하게 좋아하는 목소리가 전화기를 통해 들려왔다.

그다음 날부터 한성이가 얼마나 달라졌는지. 원래 약간 뺀질거렸는데 아주 청소도 잘하고 착실하고 공부도 열심히 하고, 그리고 한성이랑 나랑 우리 둘이는 아주 친한 사이가 된 것 같고 그랬다. 취해서 번호 실수를 할 수 있어서 다행이었다. 교무 선생 아니었으면 어쩔 뻔했나. 그래서 오늘 아침에도 교무실 안락의자에 비스듬히 기대어 어젯밤 술 숙취에 괴로워하는 내 친구 교무의 벗어진 머리가 예사롭게 안 보이고, 최고의 교육자구나 이런 존경심이 솟아났다. 그래서 앞으로 누가 '모범교사상'을 준다고 추천하라 하면 나는 우리 학교 교무 선생을 강력 추천하리라 마음먹고 있다.

이 친구가 이십몇 년 전에 나랑 대학 같이 다닐 때는 턱이랑 머리에 털이 촘촘했는데, 서른이 지나고부터 이마가 점점 넓어지기 시작하더니 요즘에는 머리가 훤하다. 턱에 털만 그대로이다. 여기 학교에서는 교무 일을 맡으면서 과학을 가르쳐서 아이들은 '과학 선생님'이라 한다. '교무 선생님'이라 하는 아이도 있고. 성격이 좋아 아이들이랑 장난치며 잘 놀아 주는데, 어떤 녀석은 아예 교무 선생을 자기 친구로 알고 놀려먹는다. 복도에서 마주치면 갑자기 "교무 선생님, 꾸에엑" 이러면서 눈을 까뒤집고, 두 손으로 자기 머리카락을 쥐고 훌렁 넘겨 대머리 흉내를 내고는 혀를 쏙 내밀며 도망치는 것이다. 교무 선생이야 사람이 좋으니까 허허허 웃고 말지만, 곁에서 지켜보는 나는 언짢아서 교무 선생 몰래 아이를 불러 세워 놓고 야단을 친 적도 있다.

오늘 우리 반 아이가 자랑하듯 써서 내민 글이 이렇다.

> 반짝 머리 선생님
>
> 텃밭 가꾸러 뒤뜰에 가는데 창고 앞에 교무 선생님이 있었다. 교무 선생님 머리는 반짝반짝해서 반짝 머리 선생님이다.
>
> "안녕하세요."
>
> "그래."
>
> 그 순간 반짝머리 선생님 머리에서 빛이 났다. "우히히히히." 나는 반짝 머리 선생님을 바라보다 웃음이 터졌다. (4학년 황현서)

글을 쓴 아이를 불러서 물었다.

"글은 재밌는데 그런데 좀 걸리는 데가 있어."

"……."

"너, 교무 선생님 미워?"

"아니요, 좋아요."

"왜 좋아?"

"착해요. 그리고 엄청 웃겨요."

"그런데 글을 이렇게 쓰면 교무 선생님이 속상할 것 같은데."

"그럼 어떻게 해요?"

"교무 선생님이 빛나? 어떻게 빛나? 머리 빛나는 것 말고."

"……."

"교무 선생님이 착해? 어떻게 착해?"

"……."

빛나고, 착하고, 이런 눈에 안 보이는 것을 눈에 보이도록 써 보라는 말을 하려는 건데, 이걸 어떻게 얘기해야 하나.

아이들 앞에 서서 파란색 끈 하나를 치켜들었다.

"이건 뭘까?"

"끈이요."

"신발 끈."

"신발 끈 맞아. 그럼 이번엔 눈에 안 보이는 것 찾아 말하기. 이건 뭘까요?"

"……."

"우리 학교 닭장에 수탉 있지? 내가 여러분한테 수탉은 뭘까요, 물었을 때 눈에 보이는 대로, 뼈에 살이 붙어 있어요, 다리가 두 개 있어요, 털이 있어요, 이렇게 대답하면 알몸뚱이 수탉이 홀랑 부끄러워서 몸을 요렇게 오그려 감추고 종종종 초라하게 지나갈 거야. 그런데 눈에 안 보이는 것을 찾아내서 나뭇가지 잎사귀마다 춤추는 바람이요, 담장 너머 동쪽 바다에서 떠오르는 붉은 해, 산신령의 기침 소리, 이렇게 대답하면 저 멀리에서 빛을 가득 품은 커다란 수탉이 기다란 깃털을 휘날리며 몸을 쫙 펼치고 성큼성큼 아주 의젓하게 지나갈 거야."

"……."

"다시 물어볼게. 이것은 뭘까요?"

아이들이 대답했다.

"바다에 수평선."

"나뭇가지에 매달린 자벌레."

"마음을 이어 주는 끈."

그런데 이걸 왜 하는지, 끈은 눈에 보이고 수평선은 안 보이고, 그걸 어쩌라는 건지. 내가 헷갈린다. 뭐가 좀 꼬였다.

눈에 보이는 것보다 더 중요한 게 있다,

몸만으로는 안 된다, 생각만으로는 안 된다,

몸이 생각을 갖게 해 보자, 생각이 몸을 갖게 해 보자,

빛나는 것, 대머리 말고 다른 것, 남을 높여 주는 것,

이런 것을 갖춘 글을 써 보자는 말을 하려는 건데 뭐라 콕 집어내기 어렵다. 시 한 편을 같이 읽었다.

하나도 안 아픈 일

대문간까지 기어 나간 강아지를
집에 데려다 놓으려고
어미 개가 강아지 등을 무는 일.

걸음마 시작한 아기가

아장아장 걸어 아빠 품에 안겼을 때
아빠가 아기 손가락을 무는 일.

아플 것 같은데
정말 하나도 안 아픈 일. (성명진 《축구부에 들고 싶다》)

이 아름다운 시로 겨우 이런 일을 벌이는 게 성명진 시인한테 미안하기는 하지만 어쩔 수 없지.

"눈에 보이는 것은?"

"강아지 등을 무는 어미 개요."

"아기 손가락을 깨무는 아빠요."

"눈에 안 보이는 것은?"

"부모의 사랑이요."

이 정도면 된 것 같다.

"눈에 보이는 것, 어미 개가 강아지 등을 물었다고만 쓰면 오해가 생겨. 아기 손가락을 깨무는 아빠 입만 쓰면 뭐 그런 나쁜 아빠가 있냐고 오해가 생기잖아."

현서가 글을 다시 써서 냈다.

반짝반짝 선생님

교무 선생님은 빛이 나.

앞머리가 없어도
하나도 창피하지 않아.
과학시간에
"오우." 감탄할 때
눈에서 빛이 나.
애들 칭찬할 땐
입에서 빛이 나.
선생님은 빛을 뿜어내는 사람
언제나 빛이 나
어디서든 빛이 나.

이 글을 들고 1층 교무실로 내려가서 교무 선생한테 건넸다. 기뻐할 줄 알았는데 뜻밖에도 아유 이게 뭐야 창피하게, 이러면서 아무렇지도 않은 반응이었다.

교무 선생이 글을 들여다보고 아무렇지도 않은 얼굴을 하고 있는데, 5학년 남자아이가 물 풍선을 들고 교무실 안쪽을 기웃거리다가 물 풍선을 떨어뜨렸다. 물 풍선이 팍삭 터져서 교무실 바닥에 물이 절벅절벅 흥건했다. 내가 걸레를 찾아서 아이를 주었고, 아이는 바닥을 걸레로 닦았다. 바닥을 다 닦고 일어서니 교무 선생이 "야, 너는 어떻게 점점 더 착해지냐. 이리 와" 하더니 책상 서랍을 열고 사탕을 조금도 아니고 아주 한 움큼 꺼내서 아이 손에 쥐어 주었다. 역시, 아무렇지도 않은 게 아니었어.

"너 물 풍선 떨어뜨려서 운 좋다. 그치?"

내가 한마디 하자 아이가 활짝 웃으며 "예에" 대답하고 뛰어갔다.

나중에 보니 현서가 쓴 '반짝반짝 선생님'이 교무실 게시판에 자랑스럽게 붙어 있었다. [2014.5]

눈에 보이는 것보다 더 중요한 게 있다,

몸만으로는 안 된다,

생각만으로는 안 된다,

몸이 생각을 갖게 해 보자.

이런 것을 갖춘 글을 써 보자는 말을 하려는 건데 뭐라 콕 집어내기 어렵다.

생각이 몸을 갖게 해 보자, 빛나는 것, 대머리 말고 다른 것, 냄새 좋은 것,

찾았다, 달맞이꽃!

우리 반 아이들이 청소 시간에 하는 일은 주마다 다르다.

저마다 하고 싶은 일을 생각해 내서 그 일을 하면 된다. 바닥 쓸기, 청소기 밀기, 물건 정리를 하는 아이도 있고, 청소 시간 내내 노래 불러주기, 남이 청소하는 모습 기록하기, 배추밭에 가서 벌레 잡기를 하는 아이도 있다. 그리고 칠판에 시 한 편을 적는 아이도 있다. 어제 청소 시간에 현서가 적어 놓은 시는 '달맞이꽃'이다. 아무리 봐도 아이들이 좋아할 시는 아닌 것 같다. 도를 닦는 스님이나 조용한 것을 좋아하는 어른들이 좋아할 시다. 아침에 아이들과 같이 읽었다.

달맞이꽃

눈길로만 가꾸어 온
달맞이꽃 앞에 서서
가만히 귀를 기울입니다.

어둠에 기대어
어둠에 기대어

꽃망울들 펑펑 터뜨려지는 소리
들려옵니다.
온몸 꽃내에 묻혀듭니다.

물푸레나무 잎 흔들림 가라앉고
어둠이 스님 모습 지워 갑니다.
스님 또한 어둠을 지워 갑니다. (임길택《똥 누고 가는 새》)

너네는 이런 시를 이해할 수 없을 거라고, 너희들한테는 어려운 시라고 했더니 아이들이 아니라고 한다. 아주 쉽게 머릿속에 장면이 떠오른다고, 이건 너무 좋은 시라고, 자기들한테 아주 잘 맞는 시라고 떠든다. 내 예상이 얼마나 틀렸는지 보여 주기 위해 일부러 하는 말이겠지.

경현: 펑펑 소리가 폭탄 터지는 소리 같아요.
현서: 실제로는 안 들리는 소리를 마음으로 들었어.
준혁: 달맞이꽃 필 때 소리를 듣고 싶어.
현서: "어둠에 기대어" 하는 부분이 상상이 돼요. 컴컴한 밤에 달맞이꽃을 바라보는 스님의 모습이 떠올라요.
정민: 어둠이랑 스님이 사귀어요. 스님은 어둠을 없애고 어둠은 스님을

없애서 둘이 사귀는 거 같아요.

수연: 시를 읽으면 읽을수록 달맞이꽃과 물푸레나무 잎을 보고 싶어요.

현서: 이 시에 등장하는 스님과 달맞이꽃을 실제로 만나 보고 싶어요. 만나게 되면 좋은 주제가 떠오를 것 같아요.

준태: 스님을 만나서 시를 한번 배워 보고 싶어요.

준혁: 우리는 달맞이꽃이랑 물푸레나무 잎을 한 번도 못 봤어. 보러 가고 싶어요.

'달맞이꽃 보기, 스님 만나 보기, 물푸레나무 잎 보기.'

이게 '달맞이꽃'을 읽은 아이들이 하고 싶다는 일이다. 스님을 만나러 그 먼 경상도 산골짜기 절까지 갈 수는 없지만 달맞이꽃이랑 물푸레나무 정도야 볼 수 있지. 아무 데나 흔한 게 달맞이꽃, 물푸레나무 아니겠나.

그렇지 않아도 오늘 체육 시간에 마을을 한 바퀴 돌아보려고 했다. 이곳 함경도 아바이 마을 집 마당에는 어떤 나무들을 심었는지, 밭에는 어떤 곡식이 자라는지 살펴보려 했다.

내가 먼저 나섰으면 어쩔 뻔했나. 아이들이 날 더운데 걸어야 한다고 투덜거렸겠지.

이건 아이들이 먼저 가자고 한 거니까 너무 다행이다.

나는 덥다고 투덜거리며 아이들을 따라다니기만 하면 된다.

"가자, 달맞이꽃 찾으러. 물푸레나무 찾으러."

마을 골목골목 찾아다녔다.

"찾았다! 달맞이꽃!"

석진이가 소리쳤다. 아이들이 모여들었다. 내가 끼어들었다.

"그건 달맞이꽃 아니야. 밤에는 서로 껴안듯 잎을 꼭 접고 자서 사랑나무라고도 해. 자귀나무라고도 하고."

아이들이 수첩에 '자귀나무'라고 적었다.

"이거 달맞이꽃?"

현서가 길쭉한 잎에 꽃대를 높이 올린 풀을 가리켰다. 내가 풀 줄기를 따서 아이들 귀에 대고 흔들어 주었다. 아직 덜 여물어서 씨앗 흔들리는 소리가 나지는 않았다. 이게 여물면 악기처럼 소리가 나는 풀이라고 알려 주었다. 아이들이 수첩에 '소리쟁이'라고 적었다.

닥나무 재피나무 자귀나무 버드나무 고욤나무…… 다 있다.

그런데 물푸레나무만 없다.

메꽃 여뀌 나팔꽃 도라지꽃 해당화 능소화 쇠무릎……

다 있는데, 달맞이꽃만 없다.

시금풀 괭이풀 소리쟁이 까마중 수수꽃다리…… 쓸데없이 풀이름 나무 이름만 잔뜩 알아내고 말았다. 수첩에 적은 풀 나무 이름이 예순 개가 넘는다고 하니, '달맞이꽃' 때문에 수첩만 고생이다.

괜히 밖에 나와서 삐삐풀이나 뜯어 삑삑 불며 새소리 내고, 강아지풀이나 뜯어 강아지 놀이하고, 바랭이풀이나 뜯어 우산 놀이하며 웃고 떠들고 말았다. 그 흔한 물푸레나무가 이곳 바닷가에는 없고, 개울가 들판 어디에나 흔한 달맞이꽃이 이곳 바닷가 마을엔 없다.

산신령이 없으니까 산신령을 만나러 가는 길이 두근거리는 것처럼 없는 꽃을 만나겠다고 "달맞이꽃아, 어디 있니?" 헤매는 동안 달맞이꽃은 점점 귀한 몸이 되고 말았다.

마음속에 꽃이 더 아름다운 법. 이쯤에서 포기를 했다.

그런데 찾았다.

바닷가 숲 풀밭에 노란 꽃을 달고 있는 풀 한 포기.

하늘님이 보내 준 꽃 같다.

가슴이 짜르르, 꽃을 이렇게 감격스럽게 만날 수도 있구나.

달맞이꽃

"달맞이꽃 찾았다!"

아, 이제야 찾았구나!

해수욕장 숲에 숨어있었구나!

달맞이꽃은 부끄럼쟁이.

밤에는 얼굴을 들어주겠지. (4학년 전석진)

이슬하고 사는 꽃

달맞이꽃 아름답다

이슬하고 같이 사는 예쁜 꽃.

어둠을 헤쳐 주는 꽃. (4학년 장준태)

'달맞이꽃' 때문에 우리 반 아이들은 달맞이꽃을 좋아한다. 원래는 민들레 나팔꽃이 예뻤는데, 한 번에 치고 올라가서 달맞이꽃이 1등이다. 나도 밤길에 달맞이꽃을 만나면 그냥 못 지나간다. 걸음을 멈추고 들여다보며 아유 예뻐라, 한마디 하고 간다.

나중에 들으니 몇 아이들은 부모 손잡고 거기 바닷가 풀숲까지 가서 달맞이꽃 보고 왔다고 한다. 부모들이 자랑해서 알았다. 그리고 그 뒤 어느 날인가는 그 귀한 달맞이꽃이 잘려 나갔다고 세상에 그럴 수가 있냐고 분통을 터트렸다. 공공근로 하는 분들이 풀 깎는다고 베어 냈을 것이다.

마을에 하나 있는 달맞이꽃을 없앤 건 아쉽지만, 아무리 성실하고 낫이 잘 들고 풀 깎는 기계 성능이 좋아도 아이들 마음속에 달맞이꽃은 어쩔 수 없을 것이다. [2014.7]

바닷가 숲 풀밭에 노란 꽃을 달고 있는 풀 한 포기.

하늘님이 보내 준 꽃 같다.

가슴이 짜르르,

꽃을 이렇게 감격스럽게 만날 수도 있구나.

상어보다는 달룡이

전교생이 서울 여행을 다녀왔다.

이른 아침에 강원도 속초 아바이 마을 우리 학교 운동장에 모여 버스 타고 미시령 고개 넘어 가평을 지나 서울 가서 아쿠아리움 수족관 보고 점심으로 돈가스 먹고, 그리고 뮤지컬 보고 다시 버스 타고 미시령 넘어 아바이 마을로 돌아왔다. 돌아오는 버스 안에서 우리 반 한성이가 한 말.

"에에, 볼 것도 없었어요."

수족관도 뮤지컬도 하나도 재미없었고, 기억에 남는 것은 점심으로 돈가스 먹은 거라 한다. 기껏 비싼 돈 들여 서울 여행을 시켰는데 남는 게 돈가스뿐이라니, 서운하다. 눈에 들어온 건 안 남고 지 배 속에 들어간 것만 남아? 괘씸한. 이런 녀석은 지구 끝까지 가도, 웜홀을 지나 블랙홀을 빠져나와 우주여행을 갔다 와도 소용없다. 기껏 해 봐야 거기 어디서 라면 국물 먹은 얘기밖에 더 하겠나.

따져 보니 나도 그렇다. 뮤지컬, 별 재미없었다. 내 옆자리에 앉은 6학년 도혁이는 에이 잠이나 자자, 배 내밀더니 억지로 잠을 청하기도 했다. 아쿠아리움 수족관도 마찬가지다. 거기서 내가 관심 있게 본 것은 실미꾸리라고 하는 새끼손가락보다 작은 물고기다. 우리 동네에서는 옹고지라고 한다. 동네 논도랑에서 흔하게 보던 녀석이 여기에도 와 있네 싶어 한참 보았다. 남미에서 왔다는 도롱뇽도 한참 보기는 했다. 봄에 우리 동네 길바닥으로 기어 나오는 도룡뇽은 꺼먼색인데 이 녀석은 분홍색이네, 하고 유심히 보았다. 상어도 있었지만 별 관심 안 생겼다. 그 넓은 바다에서 맘껏 노는 것들을 잡아 가둬 놓고 구경거리로 삼는 게 언짢았다.

솔직히 말하면 우리 반 한성이가 나보다 나을지도 모른다. 한성이는 그래도 점심으로 먹은 돈가스는 좋았다지. 나는 돈가스도 시시했다. 우리 동네 짜장면만 못했다. 그러니까 나도 이번 여행에서는 건진 게 없다.

서울 여행에서 돌아오고 며칠 뒤, 우리 반은 또 여행을 떠났다.

역사 현장 찾아가기 여행. 한 사람의 느낌이 닿아 있는 곳 만나러 가기. 교실을 떠나서 학교 뒤 텃밭을 지나서 울타리 너머 쓰레기장을 지나서 노래방 길을 지나서 바닷가에 가자. 바닷가에서 파도가 확 튈 때 새가 높이 하늘로 오르는 걸 보고 계속 걸어 한성이네 집에 가서 빨랫줄에 빨래집게가 빨래 대신 거미줄 붙잡고 있는 걸 보고, 그리고 돌아오기로 했다. 칠판에 우리가 걸어갈 길을 표시한 뒤 출발.

신발 갈아 신고 밖에 나가 맨 처음 간 곳은 학교 뒤 텃밭이다. 문현이가 그 자리에 서서 이야기를 시작했다.

"여기야, 작은 밭. 여기에선 토마토와 땅콩, 고구마가 자라고 있었는데 지금은 다 캐 버려 가지고 없는데 그때는 풀이 이렇게 많이 나 있었어. 그래서 그때 애들 세 명 정도가 그쯤 와서 풀을 뽑아야 고구마가 많이 나올 텐데 하고 풀을 뽑았어. 그런데 풀이 잘 안 뽑혀서 포기했어. 풀을 잡아댕기는데 잘 안 뽑히고 툭 끊어져. 그래서 요거는 또 살겠구나. 뿌리가 멀쩡하니까. 그래서 풀이 자기는 아무리 뽑아도 계속 계속 난다고 하는 거 같았어. 시를 쓰려면 풀을 뽑으면서 생각을 좀 해야 돼."

내가 호미 경력 30년으로 풀을 뽑았어도 시를 못 쓰는 까닭을 알았다. 생각을 좀 안 해서 이 모양이었다. 문현이가 이야기를 마친 뒤 이 자리에서 생겨난 시를 소리 내어 읽었다.

뿌리

풀을 뽑는데 뿌리가
흙을 잡고 버티면서
줄기만 뽑힌다.
어차피 줄기만 뽑혀도
새로 나니까 계속 사는 거지 뭐
하면서 사람이 가길 바란다. (4학년 박문현)

두 번째로 찾아간 곳은 학교 울타리 너머 쓰레기통 옆이다. 수연이가 쓰레기통을 가리키며 말 시작.

"그날은 비가 조금씩 왔고, 하늘색 쓰레기 봉지가 수북했어. 거기 위에, 음식물 찌꺼기를 얼굴에 묻힌 고양이가 거기 위에 앉아 있었어. 고양이 목에 목걸이가 있는데 목걸이에 달룡이라고 적혀 있는 것 같았어. 목걸이가 녹슬어서 그렇게 잘 보진 못했지만 아마도 달룡이인 것 같았어. 그날 여기 있는 고양이가 생각나서 시로 적었어."

달룡이

골목길 쓰레기통에서
슬금슬금 나오는 고양이
음식물 찌꺼기 묻은 얼굴로
나를 본다.
고양이 목에 걸린 녹슨 목걸이
목걸이에 글자는
달룡이, 달룡이인 것 같다.
집에 갇혀 사는
애완 고양이가 아닌
자유를 찾아 나온
길고양이. (4학년 김수연)

그다음 간 곳은 노래방 옆 골목길. 현서가 이야기를 시작하려는데 저쪽 길 건너에서 하얀 개 한 마리가 줄에 묶인 채 이쪽을 보고 있다. 바로 저 개라고 한다.

"하얀 개가, 어, 저놈이에요. 저 개가 가끔 밖으로 나와. 여기 노래방 옆길, 인도에 둥근 탁자 사이에 돗자리 깔아 놓고 아줌마 아저씨랑 같이 저기 있는 흰 진돗개한테 고기 주는데 받아먹는 모습이 사람 같았어. 너네는 그 장면을 봤더라도 나처럼 시로 쓰지는 못했을 거야. 보통은 그냥 보고 지나갔을 거야. 하나하나 작은 거, 흔한 거를 보고도 그냥 안 지나치고 그걸 중요하게 보고 쓰는 사람이라야 시를 썼겠지. 나처럼."

고기 받아먹는 개

어두운 밤
엄마와 함께 길을 걷는데
노래방 옆길에서
아줌마 아저씨들이 고기를 구워먹고 있다.
"엄마 엄마, 저것 봐!"
"아줌마 옆에!"
"아줌마 옆에!"
큰 진돗개가
같이 고기를 먹고 있다.
다소곳이 앉아

순한 눈으로 아저씨를 보며
고기를 먹고 있다.
아저씨가 고기를 주면
진돗개가 받아먹는다.
진돗개도 사람이나 다름없다.
먹고 나면
"얼얼"
짖는다. (4학년 황현서)

간 곳이 더 있지만 길어져서 마을 여행 이야기는 이만 마친다.

교실은 아이마다 실의 한 끝을 쥐고 자기 이야기 그물을 짜 나가는 곳이다.

아쿠아리움 상어는 한 아이가 엮어 가는 그물 위에 없다. 거기 수족관에 상어가 입이 크고 이빨이 날카로워도 소용없다. 한 아이가 쥐고 있는 실의 한 끝, 한 아이가 딛고 온 발자국과 이어지지 않는다.
눈길이 닿고 느낌이 피어난 자리,
고양이 달룡이가 쓰레기통을 뒤지고
개가 다소곳이 앉아 고기를 받아먹는 이곳이 우리들의 자리다.
그러니까 우리 동네 여행이 서울 여행보다 낫다. [2014.11]

서울 여행에서 돌아오고 며칠 뒤, 우리 반은 또 여행을 떠났다.

역사 현장 찾아가기 여행.

한 사람의 느낌이 닿아 있는 곳 만나러 가기.

교실을 떠나서

학교 뒤 텃밭을 지나서

울타리 너머 쓰레기장을 지나서

노래방 길을 지나서 바닷가에 가자.

닭 장학금

"실수하면 쪽팔리는데……."

내 친구 교무 선생은 교무실 의자에 앉아 중얼중얼 사회 보는 연습을 했다. 나는 재학생이 부르게 되어 있는 졸업식 축가 '꿈꾸지 않으면'을 우리 반 아이들과 한 번 더 연습했다. 어머니들은 단체복으로 곰탱이 티셔츠와 청바지를 입고 왔다. 작년 11월에 열린 '설악 어린이 노래잔치'와 서울 '이오덕 동요제' 때도 입었던 옷이다. 그때 그 옷 입고 불렀던 노래와 새로 개발한 율동을 이번 졸업식 축하 공연으로 준비했다.

강당에 사람들이 모여들었다. 오전 10시에 국민의례를 했다. 국민의례를 마치고 교감이 앞으로 나와서 1년 교육 성과를 발표했다. 학교 벽을 새로 칠하고 운동장에 잔디 심은 것을 얘기했다. 잔디가 뿌리 내릴 동안 아이들이 공 못 차게 되었다고 투덜거린 것과 우리 아이들이 1년 동안 안 싸우고 착하게 지냈다는 이야기는 안 했다.

아이들에게 상장을 주기 위해 여러 단체 어른들이 양복 입고 넥타이

매고 왔다. 노인회, 시의회, 건조인연합회, 교원연합회……. 뚜벅뚜벅 앞으로 나가서 도우미 선생이 집어 주는 상장을 받아 들고 서 있으면 교무 선생이 정확한 발음으로 상장에 적힌 글자를 읽는다.

"위 학생은 평소 학업 성적이 우수하고 노인에 대한 공경심이 투철하여……. 대한노인회 청호동 분회장 000"

마지막 문장이 끝나기를 기다렸다가, 그 순간을 놓치지 않고 아이한테 상장을 주면 되는데, 상장을 주는 어른 중 아무도 실수를 안 했다. 미리 연습을 한 모양이다. 졸업생은 5명인데 상장은 17개니까 한 아이가 서너 장씩 나누어 가질 수 있겠다.

상장 전달식을 마치고 장학금 전달식 차례다. 교무 선생은 평소 갈고 닦은 대로 실수 안 하고 사회를 보았다.

"교직원 장학금을 받는 어린이, 김광호."

광호가 일어서서 앞으로 나갔다. 교직원 장학금이란 닭 장학금을 말한다. 닭이 낳은 달걀을 팔아서 나온 돈을 졸업생에게 장학금으로 주는 거니까 닭 장학금이 맞다. 하지만 그런 말은 우습고, 주는 사람이나 받는 사람한테 체면이 안 설 것 같으니까 '교직원 장학금'이라고 이름을 바꿔 붙인 모양이다. 교장이나 교감이 나가서 전달식을 하시겠지 생각했다. 마이크 앞에 선 교무 선생이 차분하게 말을 이어 갔다.

"장학금은 본교 교직원을 대표해서 친회회장 탁동철 선생님이 전달하겠습니다."

이런, 미리 귀띔이라도 해 주지. 나는 뒷머리를 만지며 쑥스러운 걸음으로 앞에 나갔다. 쌓아 놓은 장학 증서들 가운데 맨 위에 있는 것을 도우미 여선생님이 집어서 나한테 주었다. 도우미 선생은 상장과 상품과 장학 증서를 쌓아 놓고 있다가 차례대로 집어 주는 일을 하고 있는데, 차라리 이런 심부름이 나한테 더 어울릴 것 같다. 점잖게 서서 아이들한테 상장이나 장학금 전달하는 건 나하고 영 안 맞는 일이다.

나는 장학 증서를 손에 들고 서서 내 앞에 아이를 바라보며 눈을 끔벅거렸다. 녀석도 빙긋 웃는다. 전에 작대기를 던져 놓고는 4학년 동생한테 물어 오라고 시켰다가 전교생한테 눈 CCTV 감시를 당했던 녀석, 머릿속에 장난이 가득한 녀석. 어제까지도 이 녀석이랑 나는 복도 모퉁이에 숨어 있다가 깜짝 놀래키며 친구처럼 놀았다. 갑자기 이렇게 주는 사람과 받는 사람의 질서가 되어 마주 보고 서 있어야 한다는 게 어색하다.

"이거 그냥 받어."

나는 사회를 보는 교무 선생이 "이 학생은 평소 품행이 방정하고 학업이 어쩌고 뭐 뭐 해서 이 장학금을 줍니다" 하고 읽기 전에 얼른 줘 버렸다. 그리고 아이를 자리에 들여보냈다. 아이가 뒷머리를 긁으며 자리에 앉았다. 교무가 입을 떼려다가 급하게 입을 닫았다. 객석에서 웃는 소리가 났다.

나는 몸을 돌려 객석 손님들을 보며 말했다.

"이 장학금은 저희가 주는 것이 아니라 아이들이 번 돈으로 주는 겁니다. 아이들이 자기들 손으로 닭을 기르고 달걀을 팔아서 번 돈이거든요. 작년보다 줄었어요. 올해는 중간에 개가 닭을 물어 죽이는 사고가 나서……."

말하고 꾸벅 인사하고 들어갔다. 또다시 웃는 소리가 났다. 나는 자리에 앉아서 화끈거리는 얼굴을 감싸며 투덜거렸다.

'에이, 미리 귀띔을 해 줘어야지. 그러면 정리를 해서 나도 말 잘할 수도 있었을 텐데. 아이들이 일을 참 열심히 했다는 칭찬도 할 것을.'

아이들은 닭 때문에 학교에 오는 것처럼 열심히 일했다. 학교 달걀 한 개 값은 3백 원이었다. 마트에 가면 더 싼 것도 있지만, 우리는 3백 원이 적당할 것 같았다. 학교 달걀이 양계장 닭이 낳은 것보다는 품질이 좋을 테니까. 왜냐, 우선 학교 닭들은 운동을 충분히 한다.

축구를 해도 될 만큼 넓은 닭장이라 닭들이 맘껏 뛸 수 있다. 게다가 아이들이 닭장에 들어가서 간식 먹으라며 손에 오징어다리 같은 거 들고 따라다니거나 바가지에 물 담아 들고 "물 좀 마셔 봐" 권하거나 하며 치근덕거리기 때문에 닭들이 안 꿈적거릴래야 안 꿈적거릴 수가 없다. 또한 양계장 닭처럼 늘 옥수수 가루만 먹는 게 아니다. 이것저것 골고루 먹는다. 아이들이 먹다 남긴 밥도 얻어먹고 소나무에서 떨어지는 벌레도 주워 먹는다. 그리고 가장 중요한 한 가지, 우리 학교 닭은 면허증을 가진 특수 전문 인력들이 엄격하게 관리를 했다.

면허증은 1차 필기시험, 2차 실기 시험에서 모두 합격한 사람만 받을 수 있다. 시험에 합격하면 학교장 직인이 찍힌 손수레 운전 면허증을 받았고, 면허증 있는 사람은 일을 해서 거둔 달걀 값의 50%를 받았다. 나머지 50%는 저금이다. 그러니까 하루에 달걀 10개를 모으면 3천 원, 그중 천오백 원은 일한 아이 몫이고, 천오백 원은 차곡차곡 모았다. 그렇게 저금한 돈이 오늘 졸업식장에서 준 '닭 장학금' 아니, '교직원 장학금'이다.

처음에 닭장 관리사 시험을 신청한 사람은 서른 명이 넘었다. 하지만 1차, 2차 시험에 모두 통과한 학생은 3, 4, 5, 6학년 합쳐 12명뿐이다. 통과한 아이들이 줄어든 까닭은 시험이 어려울까 겁먹은 탓이다. 그리고 작년 봄부터 신문이나 방송에서 조류독감 얘기가 자꾸 나와서 아이들 사이에 독감 옮는다는 소문이 돌았던 탓이다. 조류독감 소문에 휘둘린 아이들은 시험을 포기했고, 소문에 안 휘둘리고 시험에 자신 있는 아이들만 시험을 보았다. 시험 문제는 비밀이다. 그런데 우리가 친한 사이니까 몇 문제만 이 자리에서 특별히 공개하겠다. 10초 동안 읽고 없애기 바란다. 닭장 관리사 자격 1차 시험 문제.

1. 손수레에 물을 담으면 손수레가 무거워서 잘 안 움직입니다. 손수레를 움직여서 닭장까지 가는 방법은 무엇인가요?
①밀거나 끌기 ②입으로 불기 ③발로 차기 ④마법 주문 걸기

2. 손수레에 OO을 태우면 손수레가 뒤집혀서 크게 다칠 수 있습니다. 우리 학교 손수레에 절대 태우면 안 되는 것은 무엇인가요?

①사람 ②물 ③바람 ④가랑잎

3. 우리 학교 닭은 다리가 몇 개씩 붙어 있을까요?
①1개 ②2개 ③3개 ④4개

4. 닭 당번은 아침마다 닭장에 들어가서 모이를 한 바가지 줘야 합니다. 점심시간이나 학교 끝나는 시간에는 손수레에 물을 채워서 닭장 물통에 채워야 합니다. 그리고 달걀을 찾아서 4학년 교실에 갖다 놓아야 합니다. 그렇다면 여러분이 날마다 찾아와야 하는 달걀은 어떤 동물의 알일까요?
①뻐꾸기 ②닭 ③갈매기 ④코뿔소

이런 식으로 모두 열 문제였다. 80점 넘어야 합격. 1차 닭 관리 필기시험에서 80점을 넘은 사람은 15명이다. 이 가운데 몇은 2차 시험 보기 전에 포기를 했다.
사실 2차 손수레 실기 시험은 1차보다 어렵지 않았다. 2차 시험은 비밀 아니다. 이미 널리 알려진 거니까 그냥 공개하겠다. 다음 차례를 잘 지키기만 하면 합격이다.

1. 창고에서 손수레 꺼내기
2. 수돗가에서 물 담기
3. 수레에 물 담고 닭장까지 가기

4. 닭장 물통에 물 붓기

5. 손수레 제자리 갖다 놓기

1단계에서 4단계까지는 모든 아이들이 쉽게 통과했다. 마지막 5단계가 험난했다.

5단계 문제는 손수레를 제자리에 갖다 놓는 시험인데, 2학년 3학년 아이들과 미리 작전을 짰다. 학교 건물 모퉁이에 숨어 있다가 언니 오빠들이 빈 수레 몰고 갈 때 와 달려들면서 다리며 팔에 매달려 간절하게 부탁해 달라고.

"오빠, 한 번만 태워 줘. 먹을 거 줄게. 보는 사람도 없잖어. 한 번만…… 제발."

이때 보는 사람 없다고, 또는 먹을 거에 혹해서 "그래, 타" 하고 수레에 동생을 태우려 하는 순간 '불합격'이다. 손수레 면허 시험의 가장 큰 목적이 '안전' 아닌가. 손수레에 사람을 절대 태우면 안 된다고 여러 번 강조했는데 태우려 하다니, 안 될 일이다. 한 사람씩 시험 볼 때마다 이 연극을 되풀이했다. 나중에는 소문이 나서 하나 마나 한 시험이 되었지만 시험 보는 아이들이나 연극하는 아이들이나 모두 즐거워했다. 한 명 빼고는 모두 무사히 합격했다. 한 명이 불합격할 뻔한 까닭은 이렇다.

창고에서 수레를 꺼내고, 수돗가에서 물 담고, 물 담은 수레를 끌고 장애물을 이리저리 빠져나가서 200m 떨어져 있는 닭장까지 가고, 닭장에 들어가서 물통에 물을 쏟아 붓고, 여기까지는 잘했다. 다시 닭장을 나와서 빈 수레 끌고 창고로 갈 때 건물 모퉁이에 있던 동생들이 왁 뛰쳐나와서 "오빠 한 번만 태워 줘" 이러니까 안 태워 줬다. 이것도 잘했다. 합격이다. 그런데 안 태워 주겠다고 거절하는 태도가 너무 불량했다. 깡패처럼 화를 냈다. 말을 좋게 못 하고 "야이씨, 절루 꺼져! 콱!" 이러며 주먹 쥐고 눈 부라리며 겁을 줬다. 동생들이 눈물 글썽이며 삐쳤다.

'사람한테 불친절한 오빠가 닭한테는 친절할까?'

오래 고민하다가 성격 고치겠다는 다짐을 받고 일단 합격시켰다. 그 뒤에 몇 번 지켜보았는데 다행히 닭한테는 화를 안 냈다.

그 불친절 오빠를 포함해서, 나쁜 소문에 휘둘리지 않는 판단력과 1차 2차 시험에 합격한 명석한 두뇌와 사람과 동물에게 두루 친절한 마음씨를 고루 갖춘 닭장 관리사들이 번 돈이 자그마치……, 얼마인지는 정확히 모른다. 어쨌든 꼬박꼬박 저금해서 장학금으로 주는 돈은 20만 원이니까 그 두 배쯤 되지 않을까 싶다. 10월에 동네 떠돌이 개 두 마리가 울타리를 뚫고 닭장에 들어와서 암탉 아홉 마리를 물어 죽이지 않았으면 더 모을 수 있었을 것이다. 건강하게 길러서 조류독감 따위는 상관없었는데, 아무리 건강해도 개를 이기는 닭으로 키우기는 어려웠다. 죽은 닭 대신 그놈의 개라도 붙들어서 퍽퍽 패 준 다음에 팔아먹었어야 했는데, 못내 아쉽다.

닭 장학금 20만 원을 포함해서 오늘 장학금으로 들어온 돈이 모두 260만 원이라 한다. 졸업생 한 명한테 오십몇만 원씩 돌아갈 것이다.

장학금 전달식이 끝나고 재학생과 졸업생이 '꿈꾸지 않으면'을 불렀다.

그리고 어머니들이 나와서 '자작나무' 노래를 불렀고, 아이가 쓴 시에 붙인 노래 '청호동 고양이' 율동을 했다.

"일요일에 청호동에 갔다. 골목길에 고양이 한 마리가 슬금슬금 들어간다……."

노래하면서 두 팔 저어 걸어가는 동작을 하고, 두 손가락 귀 옆에 대고 깜찍한 고양이 동작을 했다. 쑥스러워 얼었던 어머니들이 점점 몸이 풀리면서 움직임이 커지고 목소리가 높아졌다. 졸업식장 분위기도 확 살아났다.

졸업식 잘 마쳤다. 마치고 내가 교무한테 따졌다.

"암마, 미리 귀띔을 했어야지. 당황했잖어."

"작년에도 했는데 뭘. 눈치로 알아야지."

내가 눈치가 없기는 하다. [2015.2]

가장 중요한 한 가지,

우리 학교 닮은

면허증을 가진

특수 전문 인력들이

엄격하게 관리를 했다.

셋

썩은 감자

"짜증 나!"

고함이 터졌고 뒷문이 꽝 닫혔다. 나는 복도에서 교실로 막 들어서려다 코 찧을 뻔했다. 엄청나게 무시당하는 느낌. 인간이 이런 대접을 받고 살아서는 안 된다.

"누구야! 손들어!"

내가 펄펄 뛰니까 좀 전까지 팔팔 날뛰던 아이는 그만 기가 죽어 꼼짝없이 두 손을 들어 올렸다. 곧 후회했다. 권력 있는 놈이 순간의 기분으로 휘두르는 폭력이 이런 꼴이다.

"내려."

아이는 입 내밀고 발 쿵쿵 딛으며 자리에 들어갔다. 몸 구부려 책상에 얼굴을 묻는다. 6학년 남자아이가 짜증 나게 해서 짜증이 난 거라 한다. 짜증이 나서 "짜증 나" 소리치며 문을 걷어찼고, 그 문이 닫히면서 교실로 들어오려던 나를 치려 했고, 내 눈에 심지가 켜지면서 폭발했고.

교실은 어둡다. 엎질러진 물, 계속 가 보는 수밖에.

"안재성, 일어서 봐."

죄 없는 재성이가 일어섰다.

"복도에 나가."

복도에 나갔다.

"들어와."

재성이가 들어오려 할 때 내가 "짜증 나" 소리치며 문을 걷어찼다. 문이 꽝 닫혔다. 잠시 침묵. 재성이가 닫힌 문을 열고 머리를 디밀며 투덜댄다.

"에이씨, 탁쌤, 뭐예요."

"기분 어땠어?"

"더러워요, 씨."

"미안해."

됐어요, 하며 자리에 철퍽 앉는다. 다가가서 어깨를 주무르며 아부하기. 투닥투닥툭툭툭.

"장난인 거 알지? 미안. 잘못했어. 용서해 줘. 흑흑."

재성이는 간지럽다 헤헤거리며 허리를 펴는데 저쪽에 자존심 구긴 아이를 일으키는 데는 효과가 없었다. 여전히 엎드려 구겨진 채 컴컴하다.

핑계를 대자면 이건 다 '짜증 나' 때문이다. 몸의 한 부분처럼 몸에 붙어 있는 말. 짜증 나는 일이 생겨서 짜증 나는 것이 아니라 '짜증 나'라고 말을 하기 때문에 짜증이 나는 것이다. 아침에 실습지 밭에서 풀을 뽑을 때도 모기가 물었다며 "아, 짜증 나. 짜증 나" 짜증 나 소리를 쉬지 않고 해서 정신없이 덥고 짜증이 났고, 공기놀이할 때도 "짜증 나 짜증 나" 짜증 나 소리가 교실 공기를 타고 다니며 귀를 자극해서 여럿이 짜증이 났다. 너는 짜증이 버릇이 되어서 짜증, 우리는 '짜증 나'라는 말에 물려서 짜증.

부엉부엉을 입에 달고 사니까 부엉이, 개굴개굴을 입에 달고 사니까 개구리, 귀뚤귀뚤 귀뚜라미. 짜증 나를 입에 달고 살면 뒤죽박죽 뒤범벅 짜장맨 아닐까. 짜증걸인가? 한두 번이라야 짜증을 인정하지, 부엉이도 귀뚜라미도 아니고 부르릉 오토바이도 아니고 어떻게 맨날 같은 말을 입에 달고 사냐. 버릇처럼 혀끝에 붙어 있는 말은 진심을 담은 말로 받아들일 수 없노라.

'짜증 나'를 다른 말로 바꾸면 좀 나을까. 이를테면 안재성이가 옆구리를 건드리면 '짜증 나' 대신
"아야, 문어 빨판이 붙었어!"
장준규가 말하다가 침 튀기면
"헉, 독물 튀겼어. 썩어 들어가!"
너무 길어. 복잡해. 그거 생각할 동안 짜증 난 까닭을 잊겠네.
'짜증 나'처럼 쌍지읒 자음이 주는 후련함이 없어. 짜증 나 대신 짜장면은? 짜장면이 그릇 뒤집어쓰고 주루룩 짜증 낼 거야. 뭐가 좋을까. 짜증 나를 대신할 말, 찾아보자.

아이들이 교실 책꽂이에서 시집을 한 권씩 빼서 짜증에 대한 시를 찾는다. 저쪽에 컴컴하게 엎드렸던 아이도 몸을 일으켰다. 하은이는 김용택의 '꾀꼬리'를 골랐다. 예진이는 도종환의 '썩은 감자'를 골랐다. 준규는 김은영의 '옻나무'를 골랐다. 누구는 박방희의 '참새놀이터', 누구는 정미진 어린이의 '조회시간'을 골랐다. 지독하게 짜증 나는 장면을 잡아낸 시들이다. 투표 결과 '썩은 감자'가 최고의 짜증 시로 뽑혔다.

썩은 감자

아이고, 냄새야
에이, 더러워라
벌레 생긴 것 좀 봐
썩은 감자 버리고 오는데

파리는 자꾸
나만 따라다닌다 (《누가 더 놀랐을까》)

예진: 시에는 짜증 나는 일이 세 개 있어. 냄새 때문에 짜증 나고, 벌레 때문에 짜증 나고, 파리가 윙윙 따라와서 짜증 나고.
재성: 코로 냄새가 나고, 눈으로 보니 더럽고, 벌레가 꾸물거리고, 그걸 버리고 와야 되고, 파리까지 따라오고. 정말 짜증난다.
준규: 처음에는 냄새를 맡았는데 나중에는 몸에 썩은 감자물이 튀었어.

드럽게.

예진: 파리는 냄새 맡고 오니까 보는 것보다 더 멀리서 와. 짜증이 점점 커져.

재성: 방향이 달라서 시가 2연이다. 썩은 감자는 버리러 가고 있고, 파리는 올 때 따라오니까.

예진: 썩은 감자는 죽은 거고 파리는 살아 있고, 썩은 감자는 소리가 없고 파리는 소리가 있고, 그래서 시가 두 개 연으로 나뉘어 있어.

아름: 이 시를 쓴 사람은 하나에 집착하는 사람인 것 같다. 썩었는데도 끝까지 보고 있어.

동철: 시인은 집착하는 사람, 썩은 것에 눈 안 감고 끝까지 보는 사람. 이 시로 무엇을 할까.

재성: 놀이 만들자. 파리가 썩은 감자 서로 빨아 먹을라고, 먼저 위에 올라갈라고 싸우는 것처럼 우리도 중간에 뭘 놓고 그걸 서로 차지하려고 싸우는 놀이.

예진: 파리가 달라붙은 건 먹을 게 있어서 그래요. 파리가 알 까면 구더기가 생기잖아요. 썩은 감자에 애벌레가 꾸물꾸물 기어 다니니깐 썩은 감자 서로 먹을라고 기어가는 애벌레 놀이해요.

재성: 냄새는 눈보다 더 빠르잖아요. 냄새로 먹을 거 있는 걸 알고 오니까 냄새로 뭘 찾는 놀이 해요.

동철: 버리러 가다가 썩은 감자가 몸에 묻었으니까 우리는 감자 대신 냄새나는 신발을 벗어 날려서 서로 맞히는 놀이 하자.

성래: 파리 잡기 놀이해요.

내가 들어 보지 못한 놀이들이다. 의심스럽지만 하여튼 해 보자. 책상을 뒤로 밀고 썩은 감자 놀이를 시작했다. 아, 그전에 먼저 가게에 가서 썩은 감자를 샀다. 아니, 썩은 감자처럼 둥글게 생긴 팬케이크 과자와 냄새가 독한 마늘 소시지를 사 왔다. 썩은 감자 놀이 시작.

1. 애벌레 놀이
썩은 감자 속을 파먹는 애벌레처럼 꾸물꾸물 기어가서 먼저 과자를 차지하는 놀이. 두 사람이 짝을 지어 앞뒤로 붙어서 애벌레 모양을 만들었다. 아이들이 배를 마룻바닥에 대고 버들쩍거리며 기어갔다. 아이들은 과자 차지할 욕심에 자꾸 더 하자고 졸랐고, 나는 아이들 요구를 거절하지 않았다. 덕분에 교실 바닥이 반짝반짝해졌다.

2. 냄새 찾기 놀이
파리가 눈보다는 코로 알아차리고 썩은 감자와 썩은 냄새가 몸에 밴 사람한테 꾀어드는 것처럼 냄새로 먹을 것을 찾는 놀이. 마늘 소시지를 몇 조각으로 잘라 교실 한쪽에 두고 안대로 눈을 가린 아이들이 뒷짐지고 코를 벌름거리며 마늘 소시지를 찾아내서는 덥석 입에 물었다.

3. 썩은 감자 뺏기 놀이
파리가 썩은 감자를 서로 차지하려고 덤벼들 듯이, 두 사람 가운데 썩은 감자를 놓고 먼저 집는 사람이 임자. "감자!" 하면 집어야 한다. "감주" "감투" 이런 소리에 집으면 경고. 예선에서 하나씩 집어 먹은 사람끼리 결선에서 다시 붙었다. 희연이가 최종 승자가 되어서 우리 반 왕파리로 뽑혔다.

4. 신발 맞히기 놀이

이건 내가 생각해 낸 놀이. 썩은 감자 버리러 갈 때 감자물이 몸에 배거나 튄 것처럼 고랑내 나는 신발로 상대를 맞히는 놀이. 마주 보고 서 있다가 하나 둘 셋, 하면 발에 신은 실내화를 발사해서 맞히는 건데, 신발을 몸에 맞은 아이들이 몹시 기분 나빠했기 때문에 오래 하지는 않았다. 다른 놀이는 재미있는데 선생님이 생각해 낸 놀이만 재미가 없다는 기분 나쁜 말을 들었다. 짜증 나.

이 정도에서 마쳤다. 파리 술래잡기 놀이는 다음으로 미뤘다. 놀이하고 난 뒤 '썩은 감자'가 어떻게 달라졌을까.

재성: 놀이하기 전에는 그냥 시였는데 놀이하고 나니까 공감이 생겼어요.

예진: 애벌레는 빈둥빈둥 놀아서 좋겠다 했는데 우리가 애벌레 놀이하느라 바닥을 기어 보니 개고생이에요. 애벌레도 그냥 놀고먹는 게 아닌가 봐요.

아름: 눈이 안 보여도 냄새로 먹을 걸 찾을 수 있어요.

예진: 교과서에 나오는 시로는 놀이 못 해요.

재성: 교과서 시는 재미가 없어요. 모르는 시 쓰는 아저씨한테 시 달라

해서 "이거 교과서에 넣어" 해서 아무렇게나 교과서에 넣은 거 같아요. 재미있는 시에 맞춰 교과서에 넣어야 하는데 교과서에 맞춰 아무 시나 넣은 것 같아요.

이쯤에서 정리.
"김성래, 나와 봐."
죄 없는 성래가 나왔다.
"니가 6학년 남자아이다."
아침에 여자아이를 놀린 6학년 남자아이 역할을 성래가 맡았다. 짜증 난다고 고함쳤던 여자아이도 나오라 했다. 여자아이한테 실뭉치를 주었다. 시작.
6학년 남자아이가 '메롱' 놀렸고, 여자아이가 실 끝을 꼭 쥐고 뭉치를 6학년 남자아이한테 던지며
"짜증 나."
6학년 남자아이가 실을 쥐고 뭉치를 다시 여자아이한테 던지며
"짜증 나."
여자아이가 실뭉치를 문을 맡은 아이한테 던지며
"짜증 나."
문이 실을 쥐고 뭉치를 나한테 던지며
"짜증 나"
교실을 들어오려던 내가 멈칫, 실을 쥐고 뭉치를 여자아이한테 다시 던지며

"짜증 나."

이제 약을 올린 6학년 남자아이와 짜증 난 여자아이와 문과 나, 이렇게 넷이 실을 쥐고 있다. 실은 사슬처럼 얽혔다. 한 사람한테서 시작한 '짜증 나'는 돌고 돌며 공격한다. 팽팽하다. 내 주머니에 있던 가위를 꺼내서 실 중간에 대며

"썩은 감자!"

싹둑, 줄이 툭 끊어졌다.

오늘은 수학 시간에 소수의 곱셈을 했고, 쉬는 시간에 공기놀이를 했고, 국어 시간에 '썩은 감자' 시를 읽었고 썩은 감자 놀이를 했는데 썩은 감자 불똥이 왜 엉뚱하게 교과서로 튀었는지 모르겠고, 놀이나 연극이 들어 있는 시가 좋은 시라는 말이 나왔고, 실을 툭 끊으면서 12시 20분이 되었고 이제 점심시간이다.

예진이가 걸어가다가 걸상에 발을 부딪쳤다.

"아, 썩은 감자야!"

준규가 교실에 들어오려는데 누가 교실 문을 잠갔다.

"야이, 썩은 감자!"

아름이가 공기놀이 5단계 하고 있는데, 안 죽었는데 예진이가 자꾸 죽었다고 하니까

"안 죽었어. 썩은 감자!"

"진짜 죽은 거 맞잖아. 썩은 감자!"

공기놀이가 한참 재미있는데 선생님이 점심시간 끝이라고, 공부하자고 한다.

"아, 썩은 감자!"

…….

"썩은 감자!" [2010.11]

짜증나!

핑계를 대자면 이건 다 '짜증 나' 때문이다.
몸의 한 부분처럼 몸에 붙어 있는 말.
짜증 나는 일이 생겨서 짜증 나는 것이 아니라
'짜증 나'라고 말을 하기 때문에 짜증이 나는 것이다.

계단 훈련

……탁탁툭탁탁툭. 힘들지도 않고 도움도 안 될 것 같다. 계단 훈련 받는 아이들 표정이 무슨 쭈그러진 고추 같다. (4학년 김한중)

아이들 글에 '계단 훈련'이 보이기 시작한 게 5월 20일이다. 실제 훈련을 시작한 날은 그보다 앞일 것 같다. '쭈그러진 고추'로 시작한 계단 훈련은 그 뒤로 한 달 동안 아이들을 휘감았다. 일기를 써도 계단, 시를 써도, 제안하는 글을 써도 계단, 입만 열면 계단, 온통 계단 훈련이었다. 아이들 입과 글자에서 쏟아져 나온 '계단'을 차곡차곡 쌓으면 산꼭대기에 닿고도 남을 것 같다.

우리 학교 전교생은 6월 17일에 산에 가기로 했다. 저학년은 갈천 약수터로, 고학년은 설악산으로. 산에 오르려면 체력이 있어야 하고, 체력을 기르려면 운동을 해야 한다.
"제가 훈련을 시켜 보겠습니다!"

교무 선생이 주먹 불끈 쥐고 선언을 하셨다. 역시 다르다. 우리 학교 교무 선생은 교사가 안 되었으면 아마 왜적을 물리치는 위대한 장군이 되셨을 것이다. 목소리가 크고 팔이 굵고 한번 결심하면 끝을 보는 분이다.

산은 원래 아이들과 아무 관계없는 곳이다. 오대산이든 백두산이든 우주여행 가서 만난 산이든. 작년에도 오대산 월정사로 체험 학습을 간 적이 있다.
월정사는 전나무 숲길이 아름답고 팔각구층석탑이 유명한 곳이다. 아이들이 보고 느낄 게 많을 것이라 여겼다. 하지만 월정사에 간 아이들 눈은 빛나지 않았다. 아이들이 그곳에서 한 일은 절 마당에 돌을 던진 게 전부였다. 학교에 돌아와서 아이들에게 기억나는 일이 뭐냐고 물었더니 돌 던지다가 야단맞은 거라고 했다. 그리고 김밥 먹은 것. 실망했다.
하지만 당연하다. 뜻은 없이 몸만 덜렁 간 곳에 관심이나 애정 따위가 스며들 리 없다.

올해 설악산이라고 뭐가 다르겠나. 준비하고 계획하고, 길을 찾고, 준비물을 챙기고, 도움을 요청하고, 이런 모든 과정에 아이들은 빠져 있었다. 어른의 뜻에 따라 버스에 몸이 실려 산어귀까지 가고, 올라가라는 산을 올라가고, 밥을 먹고 내려오는 뻔한 체험이 될 것이다. 산에 나무와 바람과 새 울음 따위는 안 보이고 안 들릴 것이다. 남는 게 없다 할 것이다. 도시락 정도만 배 속에 남을라나.

생활과 관계가 이어지지 않은 것, 뜻이 닿지 않은 것은 내 것이 아니다. "가라"고 말한 어른의 것이다.

마음속에 산을 들여놓고 만나면 달라지기도 하겠지. 궁금했고 두근거렸고 보고 싶었던 것을 마침내 만나는 일은 얼마나 벅찬 감동이겠는가. 만나고 싶어서 만나는 산은 얼마나 아름답겠는가. "제가 훈련을 시켜 보겠습니다" 하는 말은 "제가 산과 아이들 사이에 끈을 맺어 주겠습니다"는 말과 같다. 교무 선생이 나섰으니 이제부터 설악산에 가는 것은 남의 일이 아니다. 아이들 자신의 일이다.

교무 선생은 쉬는 시간마다 훈련을 시켰다. 전교생을 모이게 해서 줄 맞추고 발 맞추어 운동장을 뛰고, 구호를 외치며 운동장 계단을 오르게 했다. 아이들은 "하기 싫어. 하기 싫어" 노래를 불렀다. 한숨이 커졌고 얼굴들이 딱딱해졌다. 학교가 어두워졌다. 하지만 어둔 땅속에서도 빛을 찾고 장난과 재미를 찾아내는 게 아이들 아니겠나.
새로운 놀이가 생겨났다. 쉬는 시간이 다가오면 누가 더 병에 걸리고 불쌍해 보이는지 경쟁을 했다. 감기에 걸려 쿨룩거리고 혀를 빼물고 다리를 절룩거렸다. 휴지에 빨간 물감을 묻혀 콧구멍을 틀어막기도 했다.

> 상훈이가 계단 연습을 하기 싫어서 연극을 했다. 상훈이는 약 찧는 통에 파스텔이랑 물감을 짜서 넣고 닥터핸드크림도 넣고 찧어서 그걸 다리에 발랐다. 그리고는 다리를 다친 것처럼 절룩거

리면서 선생님한테 갔다. 선생님은 상훈이가 다리에 바른 게 피인 줄 알고 속아서 연습하지 말고 쉬라고 했다. 시간이 지나니까 상훈이 다리에 바른 게 말라서 보라색이 되었다. 그 다리는 만화 토리코에 나오는 독의 인간 코코의 독을 맞은 것 같다. 다리에 보라색 칠을 하고 다니는 상훈이를 보니 너무 웃겼다. (4학년 윤찬식)

다리에 피를 바르고 콧구멍을 틀어막고 다 죽어 가는 시늉을 해도 별 소용없었다. 불끈불끈 밀어붙이는 힘센 교무 장군을 어떻게 당하겠나. 놀이로 저항하던 아이들은 풀이 죽었고, 시키는 대로 열심히 체력 훈련을 받을 수밖에 없었다. 교무 선생에 대한 불만은 커져 갔다. 선생을 고소하겠다는 아이도 생겼다.

계단 훈련

중간놀이 종이 치면 나는
투덜거리며 다리를 턴다.
"아, 싫어. 계단 훈련 싫어."
인상을 완전 팍 쓴다.
대청봉 가는 거 안 힘든데
오색으로 가는 거 별로 안 힘들다는데
복숭아뼈도 아픈데
계속 하래.

계속 계단 훈련하래.
어제도 오늘도 내일도
계단을 올라갔다 내려갔다
계단을 올라갔다 내려갔다
훈련 또 훈련.
선생님의 잔소리가
내 귀에 걸리는 것 같아.
"줄 좀 맞춰라. 똑바로 해라!"
선생님은 안 하면서
우리한테만 막 시켜대고
"다리 아파요." 하면
"아픈 거 참는 것도 공부에요."
짜증나는 말투.
그러면 지구에 있는 모든 게
다 공부겠네.
그것 때매 찬식이는 고소할 거라 했어.
경찰이 와서
"잔소리 죄로 신고 들어왔습니다."
이러면 좋겠다.
아이들도 땀범벅
나도 땀범벅
놀이 시간 다 뺏어가고

싫어

계단 훈련 싫어. (4학년 안혜원)

사실 훈련이라는 게 별것 아니다. 운동장을 한 바퀴 도는 것, 세 칸짜리 계단을 스무 번 오르내리는 것, 겨우 그 정도다. 힘이 들어 보고 싶어도 힘이 들 수가 없다. 그런데 힘이 들어 죽겠단다. 계단 말고 차라리 학교 뒷산을 뛰어갔다 오게 해 달라고 졸랐다. 그게 더 도움이 된다 한다.

학교 뒷산은 가파르고 위험하다. 계단보다 수백 배는 더 힘들다. 그러나 한달음에 오를 기세다. 허락만 떨어지면 정말로 아이들은 땀을 흘리며 헉헉거리며 달려갈 것이다. 줄이 없는 곳으로, 어른의 잔소리가 따라올 수 없는 곳으로 달려가며 신이 날 것이다.

아이들은 어른이 시키지 않은 것을 좋아하기 때문이다. 어른의 규칙이 아닌 자신들의 규칙을 좋아하기 때문이다. 하지만 어른의 규칙 밖에 있는 저 높은 뒷산이 허락될 리 없고, 계단은 지옥이 되었다.

지옥 훈련

"으아악! 뜨거워!"

지옥불에 녹는 기분.

더워 더워

땀 뻘뻘 흘리며 계단 훈련

물을 엄청난 음료수로 만드는 계단 훈련

계단이 싫다. 진짜 싫다.

당장이라도 계단을 가루로 만들 거다.

계단 훈련 따위 안 해도

대청봉 하나쯤은 갈 수 있다.

훈련 안 해도 해한테 녹아 땀이 흐르고

훈련해도 해한테 녹아 땀이 흐른다.

헉헉. (4학년 정유안)

뜨거운 태양, 높은 계단, 힘든 훈련이 지옥이 아니라 누군가의 규칙이 지옥이겠지.

운동도 일도 공부도 자기가 만들어 가는 규칙, 자기가 일구어 간 놀이 속에 있어야 행복하다. 놀이를 떠난 모든 것은 괴롭다. 어쩌다 찾아오는 행운을 기대할 수밖에 없다.

비 덕분에 계단 훈련 안 한 날

터벅터벅

오늘도 그 끔찍한 계단훈련

하기 싫어 마음에 싫은 마음 무겁게 담아두고

버스를 탄다.

학교에 도착하니 비가 온다.

하늘도 계단 훈련 하는 거

보기 싫다고 한다.
드디어 쉬는 시간,
방송 목소리가 들린다.
"비가 와서 훈련 못 합니다!"
와!!!
함성이 교실을 꽉 채웠다.
무거운 마음이 날아갔다. (4학년 김한중)

마침내 6월 17일. 대청봉에 갔다 왔다.
한 사람도 포기하지 않았다. 몸이 가벼운 아이들은 세 시간 만에 올라갔다가 두 시간 만에 내려와서는 산에 가는 게 별것도 아닌데 계단 훈련 괜히 했다고 투덜거렸다. 몸이 무거운 아이들은 헉헉거리며 열 시간 동안 올라가고 내려와서는 계단 훈련을 했는데도 힘들다고 투덜거렸다. 계단 훈련시킨다며 투덜거리고 원망했던 사람의 보이지 않는 힘이 자기들을 이끌어 주었다는 건 아무도 눈치채지 못했을 것이다.

딱 두 계단만 더 올라가면 정상이다. 내가 '어어라엉긍아,' 중얼중얼 하면서 걸었다. 그러다가 딱 정상에 올라왔다. 별 것도 아니다. 나는 계단 훈련 괜히 했네 이런 생각을 했다. 추워서 기침이 나온다. 다른 사람들을 기다렸다. 전망대에 앉아서 예쁜 풍경을 구경했다. 심심해서 눈을 감고 명상도 해보고 돌에 누워도 보았다. 돌이 침대처럼 편하다. (4학년 안혜원)

저마다 자기가 올랐던 산에 대해 말이 많아졌다. 자기가 어디 간 줄도 모르게 몸만 덜렁 실려 갔다 온 아이는 없었다. 교무 선생이 큰일 했다. 이야깃거리를 만들어 주고, 아이들 하는 일에 뜻을 심어 주는 어른을 만나기란 쉽지 않다. 내 몸과 그것의 관계를 맺어 주는 일, 그것이 내 일이 되도록 하는 것은 아무나 할 수 있는 일이 아니다. 교무 선생은 아이들의 원망 따위는 얼마든지 칭찬하는 소리로 바꾸어서 들어도 될 것 같다.

계단 훈련은 끝났다. 이번엔 육상 훈련이다. 교육청에서 여는 학년별 육상 대회가 7월 15일에 있다. 태양은 더욱 뜨거워졌다. 아이들은 또다시 운동장을 뛰며 체력 훈련을 해야 한다. 단거리 선수는 빨리 달리는 훈련, 장거리 선수는 오래 달리는 훈련을 해야 한다.

> 나는 아침에 운동장 29바퀴를 뛰었다. 29바퀴를 뛰고도 체력이 남았다. 계단 훈련처럼 너, 나 서로 존중해서 느리게 가는 게 아니라 나 혼자 나를 존중하고 넓은 운동장을 뛰니까 재미있다. 내가 스스로 즐겁겠다고 생각했기 때문이다. 나는 나 혼자 끈질기게 뛰면서 내려오는 땀을 보며 즐겁고 체력이 남아돈다.
>
> (4학년 안혜원)

29바퀴라니. 이건 말려야 한다. 운동장을 그렇게 많이 뛰라고 시킨 사람은 없다. 그냥 선수가 하고 싶은 사람은 선수를 하라고 했을 뿐이다.

선수가 되는 조건은 '고생', 고생을 하고 싶으면 선수 하라고, 힘들게 연습해서 꼴찌를 하라고, 연습하느라 고생한 꼴찌가 연습 안 한 1등보다 값지고 자랑스럽다고, 그런 사람만 우리 학교 운동선수로 뽑겠다고, 짜장면은 사 주겠다고 했다. 아이들 대부분이 고생을 하고 싶다고, 자기는 선수가 되겠다며 운동장을 뛰고 있다. 설악산 훈련은 운동장 한 바퀴도 헉헉거리며 지옥을 들먹이던 아이들이 육상 훈련은 뛰고 또 뛴다. 자기는 뛰는 게 좋단다. 제발 그만 뛰라고 말려도 말을 안 듣는다. 말리는 게 고생이다. [2016.6]

허락만 떨어지면

아이들은 땀을 흘리며 헉헉거리며 달려갈 것이다.

줄이 없는 곳으로.

어른의 잔소리가 따라올 수 없는 곳으로 달려가며 신이 날 것이다.

꽉 쥔 숟가락

“여기가 내 자리였다구!”
“너가 없었잖아!”

학교 식당에서 밥을 먹던 교장, 교감, 여러 선생들의 눈이 우리 반 두 아이한테로 모였다. 이런 것도 싸움거리가 되는 건지. 나는 창피해서 간이 오그라들 것 같다. 너무 무능한 담임인 것 같다. 입술에 손을 대고 “쉿! 쉿!” 진정시켜도 소용없다. 밥 차례를 우기다가 목소리가 커지고 투닥닥 몸싸움까지 간 건데, 그거 싸울 시간이면 벌써 밥을 받아 식탁에 가서 앉았겠다.
‘에라, 이 시시한…… 이 숟가락으로 머리통을 그냥 팍…….’
숟가락 쥔 손을 치켜들려다가 아차, 싶었다. 누군가한테 심각하면 심각한 게 맞는 것 같다. 심각하게 봐주기는 해야 할 것 같다.
교실에 ‘밥 먹는 규칙’이 있기는 하다. 학기 초에 교실 회의를 열어 정한 것이다.

1. 줄 서서 식당까지 가기
2. 뛰지 않기
3. 뛰는 사람은 학교 건물 한 바퀴 돌고 오기
4. 밥 받는 차례 날마다 바꾸기. 한 칸씩 앞으로, 오늘 맨 앞에 선 사람은 내일 맨 뒤로

한 사람 한 사람의 말을 모아 세운 규칙이다. 우루루 2층 계단을 뛰어 내려가고, 줄 서서 가고 있는 1학년 아이들을 앞지르고, 식당 문을 벌컥 열어젖히며 앞에 서려 다투더니 규칙 뒤에는 달라졌다. 줄 서서 식당으로 가는 걸음걸이가 시원하게 머리가 벗어지고 있는 내 친구 교감 선생이랑 비슷해졌다. 차례 때문에 다투는 일이 사라졌다. 그런데 오늘 일이 터졌다.

숟가락 때문이다. 다른 날과 마찬가지로 한 줄로 서서 밥 차례를 기다리는데, 상훈이가 손에 들었던 숟가락을 떨어뜨린 것이다.
"이거 어떻게 해요?"
상훈이가 바닥에 떨어진 숟가락을 주워 들고 조리사 아주머니한테 물었고, 조리사 아주머니가 손짓으로 저쪽을 가리켰다. 상훈이가 떨어뜨린 숟가락을 설거지통에 갖다 놓으려고 자리를 빠져나간 동안 뒤에 섰던 아이가 그 자리를 채웠다. 숟가락을 놓고 온 상훈이는 원래 자기가 섰던 자리로 파고들었고. 둘이서 왁 소리 내며 싸우게 되었다. 상훈이 생각에는 원래 자기 자리였으니까 자기 자리로 오는 게 당연하고, 파고

든 아이 생각에는 앞자리가 비었으니까 채우는 게 당연한 것이다.

아, 시시해. 그런데 안 시시하다. 지금 밥이 문제가 아니다.

"둘 문제니까 둘이서 해결해. 밖에 나가서 의논해 봐. 서로 합의가 되면 손잡고 사이좋게 들어와서 밥 먹고."

둘이 밖에 의논하러 나간 동안 나는 얼른 식판에 밥을 받았다. 싸움 덕분에 내 앞에 두 아이가 빠졌기 때문에 내 차례는 두 칸이나 당겨졌다. 나는 맛있게 밥을 먹었고, 두 아이는 밥을 누가 먼저 먹을까에 대해 진지하게 고함치고 설득하며 따져 보고 있다.

내가 밥을 거의 다 먹었는데 밖에 두 아이는 여전히 결론을 내지 못했다.

"그러니까 원래 내 자리……."

"너가 자리를 비웠으니까……."

점심을 다 먹은 교무 선생님이 다투고 있는 두 아이한테 가더니 타이른다.

"거 서로 양보 좀 하지. 싸울 시간이면 벌써 밥 다 먹고도 남았겠다야."

다른 사람한테는 '양보'지만 이 특별한 두 아이한테는 '굽히는 것'이다. 옳지 않은데 굽히는 건 자기 전체를 없애는 거나 마찬가지다. 억지 양보보다는 밥을 굶거나 감옥에 가는 게 차라리 나을 것이다. 정의를 세우는 일에 밥이 문제냐.

"원래 내 자리……."

"……."

"너도 말을 좀 해 봐."

"……."

상훈이는 귀는 큰데 계속 입만 벌려 자기주장을 내세웠고, 다른 아이는 이제 입도 귀도 닫고 말았다. 밥을 다 먹은 나는 둘 사이에 서서 이걸 어찌해야 하는지 누구 편을 들어야 하는지 쩔쩔 매고 있었다. 그때 상훈이가 새로운 의견을 냈다.

"야, 이건 진성이한테 물어봐야겠다. 진성이한테 가도 돼요?"

그거 좋은 생각이라고, 얼른 가 보라고 했다.

"근데 저는 진성이랑 눈 마주치면 안 되잖아요."

눈 마주쳐도 된다고 했다.

"야, 넌 나 올 때까지 기다려. 먼저 밥 먹지 마."

그러면서 2학년 진성이를 찾으러 간다. 저쪽에서 지켜보던 어떤 선생이 한마디 한다.

"아이고, 창피한 줄 알아야지! 4학년이 2학년한테 물어보러 가냐?"

창피한 일 아니다.

답을 찾을 수 있다면 세 살 아기한테도 물어야지. 아이들 일에는 까닭이 있다. 상훈이가 이 중요한 순간에 2학년 진성이를 찾는 데는 까닭이 있다.

지난주에 있었던 일.

4학년 상훈이랑 2학년 진성이랑 싸웠다. 작은 싸움이 아니었다. 모래를 끼얹고 바닥에 눕혀 놓고 때렸다고 한다. 4학년이 2학년 아이를 눕혀 놓고 때렸으니 이건 강력 사건이다. 하루 뒤에 4학년과 2학년 전체가 한자리에 모여 이 문제에 대해 이야기를 나누었다. 2학년 동생을 때린 상훈이가 먼저 말했다.

"놀이터에 구덩이가 있어요. 2학년 애들이 판 구덩인데, 저는 그냥 구덩이에 들어가 있었어요. 그런데 그때 김진성이가 큰 삽으로 모래를 한가득 퍼서 나한테 뿌렸어요. 내 머리와 내 등에 모래가 들어갔어요. 일부러 나한테 뿌린 거예요. 그래서 내가 화가 나서 모래를 한 주먹 뿌렸어요."

진성이가 상훈이 말에 조목조목 따졌다.

"큰 삽으로 뿌린 거 아니야. 그리고 나는 놀이인 줄 알았지. 놀이라고 생각하고 형한테 뿌린 거야."

다시 상훈이가 말하고 진성이가 따졌다.

"그래서 모래 싸움이 났는데, 진성이는 앞에가 큰 네모난 큰 삽으로 나한테 뿌리고 나는 초록이랑 노랑이 섞인 작은 삽으로 뿌렸어요."

"난 큰 삽으로 뿌리지 않았다고. 유치원들이 쓰는 작은 삽으로 뿌렸어. 거긴 모래도 조금밖에 안 들어가."

다른 아이들도 진성이 말이 맞다고 했다. 놀이터에는 유치원 아이들이 쓰는 작은 삽밖에 없다고 한다.

"근데 진성이가 나보고 바보 똥개라고 했어요. 나는 뛰어가서 진성이를 밀어서 넘어뜨렸어요. 진성이는 넘어져서 머리를, 모래밭에 머리를 박았어요. 근데 진성이가 이 시발 새끼야 하면서 미친놈이라고 해서 또 화가 났어요. 그래서 몸을 누르면서 모래를 뿌렸어요. 나는 진성이가 욕을 해서 화가 났어요. 그래서 진성이한테 '니가 먼데 욕을 하고 난리야. 이 미친놈아'라고 할 때 찬식이가 하지 말라고 말렸어요. 나는 화가 안 풀려서 너가 더 맞아야 돼, 했는데 그때 주무관님이 와서 말려서 싸움이 끝났어요."

"나는 욕하지 않았어. 그냥 '저 형은 이름이 뭐야' 하고 물어봤는데 형이 갑자기 달려오면서 때렸잖아."

놀이터 싸움 때 옆에 있었던 4학년 남자아이도 진성이 편을 들었다. 2학년 진성이 말이 맞다고 했다. 결국 상훈이가 더 큰 잘못을 한 사건으로 결론이 났다. 서로 사과할 건 사과하고, 인정할 건 인정하며 회의를 마쳤는데, 주로 사과한 건 상훈이었다.

1. 큰 삽이 아니라 작은 삽이었다는 것 인정.
2. 이름을 물어보는 거였는데 내가 욕을 한 걸로 잘못 들어서 미안해.
3. 동생인데 내가 화를 못 참고 때려서 미안해.
4. 나는 앞으로 1년 동안 진성이랑 눈도 안 맞추고 말도 안 하겠다.

사과를 하기는 했지만 뭔가 분이 안 풀렸는지 진성이랑 눈도 안 맞추고 말도 안 하겠다고 다짐했다. 그런데 숟가락 문제를 해결해야 하는 이 중요한 순간에 번뜩 진성이가 떠올랐나 보다. 진성이가 우리 학교에서 판단이 정확한 사람이라는 생각이 들었겠지.

1년 동안 눈도 안 맞추겠다던 다짐을 일주일 만에 깨고 2학년 진성이를 찾으러 간 사이에 혼자 남아 있던 아이는 그냥 식당에 들어가서 밥을 먹었다. 한참 만에 헐떡거리며 돌아온 상훈이도 더 이상 따질 사람이 없자 할 수 없이 식당에 들어갔다. 텅 빈 식당에서 둘이 밥을 먹었다.

나중에 내가 2학년 진성이한테 물었더니 진성이가 이렇게 대답했다.
"뒤에 사람이 메우는 게 맞다고 생각해요."
이 일로 교실 회의를 열었다. 아이들 의견도 진성이와 비슷했다.
"뒷사람한테 미리 자리 맡아 달라고 얘기하고 가면 괜찮아요."
"얘기 안 하고 가면 뒷사람이 채우는 게 맞아. 갔다가 와서 자기 자리라고 하면 싸워."
"숟가락 떨어뜨린 사람이 더 나중에 먹어야 해. 조심 안 하고 실수했으니까 손해 보는 게 맞아."
이래서 교실에는 새 규칙이 생겼다.
'밥 먹는 줄 기다릴 때 숟가락이나 젓가락 떨어뜨린 사람은 줄 맨 뒤로 가서 다시 서기'

좀 삭막하다. 하지만 나서서 설득할 생각 없다. 현실을 비껴가지 않고 곧이곧대로 겪어 보게 하는 것도 배려 아니겠나. 사실 위에서 상상이 생겨나듯, 정확하게 겪어 보는 것에서 양보도 생기도 염치도 생기고 사랑도 생긴다.

두 아이가 싸워 준 덕분에 숟가락 젓가락 떨어뜨리는 아이가 사라졌다. 손에 본드를 바르고 와서 밥을 먹겠다는 아이도 있다. 나 역시 점심시간에는 손에 땀이 날 정도로 숟가락을 꽉 쥐고 서서 차례를 기다린다.

점심시간

드 드 드디어 내 차례가…… / 젓가락 숟가락 들고 / 한 발짝 다가선 순간 / 뚜둑 / 아, 숟가락! / 떨어졌다. //
배고픈데 / 눈에 다크서클이 내려오는데 / 긴 줄 / 맨 뒤로 가야 하다니. //
발을 무겁게 / 한 발짝 한 발짝 / 내 마음을 무덤덤하게 / 괜찮아 괜찮아. (4학년 안혜원)

급식소에서 숟가락을 힘껏 움켜쥐고 서 있는 아이들 사이에서 처음 보는 새로운 놀이가 생겨났다. 앞뒤로 마주 서서는 자기 손에 든 숟가락 젓가락을 오른손 왼손으로 옮겨 잡는 놀이다. 누가 더 빨리 옮겨 잡는가 내기를 하는 것인데, 속셈은 뻔하다. 정신없이 옮겨 쥐다가 숟가락이나 젓가락을 떨어뜨리게 하겠다는 것이다.
다른 선생님한테 들키면 쓸데없는 장난친다고 야단맞겠지.
하지만 아이들이 하는 일에는 까닭이 있다. [2016.5]

명환이

퇴근하는 골목길에서 자전거 타고 오는 우리 반 명환이를 만났다. 할머니 감기약 사서 집에 가는 길이라 한다.

"짜장면 먹을래?"

"네. 할머니 약 갖다 드리고요."

기다리니까 왔다.

나는 걷고 명환이는 내 걸음걸이에 맞춰 비척비척 자전거를 타고 짜장면 집으로 갔다. 옛날 짜장과 군만두를 시켜 놓고 마주 앉아 음식을 기다렸다.

손을 내밀어 보라 해서 사고 치기 좋아하는 주먹을 꼭꼭 눌러 보았다. 겁 많은 눈동자와 상처로 얽은 얼굴과 욕이 샘처럼 솟아 나오는 두꺼운 입술을 가만히 바라보았다. 입술을 보며 거기서 생겨나는 욕을 생각하다가 나도 모르게 허리에 손이 가며 앓는 소리가 나왔다.

"아이고, 아야."

명환이가 엄살 피지 말라며 자기는 이제 애들 안 때릴 거라 한다. 술은 고등학교 들어가면 먹고 담배는 스무 살 넘어서 피울 거라고 한다.

"스무 살 되면 취직해서 한 달에 백만 원 받을 거예요. 돈 벌어서 할머니 고생 안 시킬 거예요."

기특해라. 앞을 생각하는 녀석이다. 그런데 학교에서는 다른 아이다. 오늘 짜장면도 학교에서 미운 짓을 해서 그 벌로 먹는 것이다.

며칠 전 아침, 회의할 게 있다 해서 나는 옆으로 물러났다. 이번 주 반장이 앞으로 나와서 회의를 이끌었다. 주제는 '명환이의 폭력'이다. 여자아이가 일어서서 증언했다.

"지우개 지가 먼저 던져 놓고는 내가 던지니까 욕하고 때리고……."

너무나 원통하다, 용서하고 싶지 않다 했다. 이번에는 때린 아이가 해명할 차례.

"저도 억울해요. 저게 먼저 까불었단 말이에요."

말해 놓고는 여론이 불리하다는 걸 알아차렸는지 얼른 말을 바꾼다. 화가 나서 때렸지만 후회한다 잘못했다 봐 달라 한다. 봐줄 수 없다, 벌을 줘야 한다는 게 아이들 의견이다. 내가 보기에도 명환이는 너무 쉽게 때리고 욕하고 쉽게 사과하고 반성문도 너무 즐겁게 쓴다. 한번쯤 좀 센 벌을 받아 봐야 할 것 같다.

여러 사람 입에서 나오는 말을 듣게 하는 것, 이것보다 더 강한 벌은 없다. 나는 칠판에 서서 아이들이 하는 말을 받아 적었다.

"사형."

윽. 이건 안 적었다.

"퇴학."

이것도 너무 세다. 안 적었다.

"교실 천장에 붙여 놓자."

"욕을 못 하게 입을 테이프로 막자."

"손을 묶어서 책상에 매 놓기."

"때리자."

"공 못 가지고 놀게 하기."

내놓는 의견들이 무지막지하다. 내가 명환이 편을 들어서 말했다.

"야, 죽이거나 퇴학은 안 돼. 묶어 놓을 권리도 없어. 학교에 가서 묶여 있었다는 걸 알면 명환이네 할머니가 얼마나 속상하겠니."

편을 드는 척하지만 속으로는 '그래 계속 계속 말을 쏟아 내라' 불 지피기 작전. 묶을 수도 없고, 천장에 붙일 수도 없고, 그럼 남은 건 '때리기'와 '공 못 가지고 놀기'다. 명환이한테 물었다.

"둘 중 하나 골라. 맞을래, 공 안 만질래."

머뭇거리더니

"맞을래요."

그럴 줄 알았다. 그런데 몇 대를 맞아야 하나. 맞은 아이한테 물었다.

"너 명환이한테 공으로 몇 대 맞았어?"

세 대 맞았다고 한다.

"뭐라고 욕을 들었어?"

시발 시발 개새끼 죽어, 이렇게 욕을 들었다고 한다.

'세 대 때렸으니까 3, 아홉 글자 욕을 했으니까 9, 3+9=12.'

"열두 대 맞아야겠네."

아이들이 서로 자기가 때리겠다고 우르르 나왔다.

"어찌 되었든 남을 때리는 건 나빠. 그리고 명환이가 학교에서 친구한테 매 맞았다는 말 들으면 개네 할아버지가 가만히 있을까. 자신 있는 사람은 때리든가."

다들 자신 없는 걸음으로 자리에 들어갔다. 1학년 때도 명환이가 누구한테 맞았을 때 개네 할아버지가 교실에 와서 때린 아이를 창밖으로 집어던지려 한 적이 있다. 개네 아버지는 학교 유리창이란 유리창은 모조리 깨 놓고 간 적이 있다. 아이들 모두 그 일을 잊었을 리 없지. 차라리 내가 나쁜 사람이 되고 말겠다며 나섰다.

"명환아, 텔레비전에서 곤장 맞는 거 봤지. 신발 벗고 책상 위에 올라가. 팔다리 쫙 펴고 엎드려."

명환이가 책상 위에 올라가 엎드렸다. 설마 진짜로 아프게 때리겠냐 싶은 표정, 얼굴에는 장난기 웃음기가 가득하다. 내가 팔을 걷고 팔뚝을 접었다 폈다 힘을 주며 엄청나게 세게 때릴 듯 채비를 했다. 명환이가 걱정스런 얼굴로 묻는다.

"아프게 때릴 거예요?"

푸우, 하고 손바닥에 입김을 뿜은 다음에 손을 높이 치켜올렸다. 내리쳤다.

"이얍!"

책상에서 쾅 소리가 났다. 손 아픈 걸 꾹 참으며 말했다. 이 정도로 칠 거라고.

진짜로 맞으면 어떨까 짐작이 갔겠지. 명환이가 겁먹은 얼굴로 안 맞겠다며 책상에서 내려왔다. 그래서 벌이 바뀌었다. 12대 맞기가 아니라 공 안 만지기로. 3+9니까, 앞으로 12일 동안 공 만지는 거 금지다.

'공 안 만지기.'

이건 명환이한테 엄청난 벌이다. 명환이가 학교에 오는 까닭은 '공' 때문이다. 아침에 오면 등에 멘 가방을 채 벗기 전부터 공 차고 쉬는 시간에 공 차고 밥 먹고 또 공 차고, 이게 하루 일이다. 공 안 만지기라니, 이 얼마나 가혹한 형벌인가.

이틀 지나고 사흘째 점심시간.

여자아이들은 놀이터에 있고 남자아이들이랑 나는 운동장에서 공을 찼다. 또 졌다. 축구에서 이긴 6학년이 헐떡거리고 있는 내 앞으로 다가와서 머리를 툭 누르며 에유 실력을 좀 키우고 덤비세요, 이러며 약 올리고 교실로 들어갔다.

"으으으, 분하다."

나랑 우리 반 아이들은 식식거리며 교실로 들어갔다.

교실은 어둡고, 어둔 교실에 어둔 얼굴, 명환이가 있다.
우리들이 운동장에서 뛰고 노는 내내 조그맣게 웅크리고 있었다. 불행하다. 불행한 얼굴을 보고 있는 내가 불행하다.
사람이 벌로 바뀌어서는 안 될 것 같다.
자기도 모르게 손이 나가서 남을 공격하고, 자기도 모르게 입술을 움직여서 욕을 내보내고, 별일 없이 하루 학교를 마치게 되는 날에는 저 멀리 지나가는 6학년한테 일부러 욕을 해서라도 혼이 나야만 직성이 풀리는 아이. 이대로 열흘을 빈 교실에서 혼자 지낸다고 뭐가 달라지겠나. 이쯤에서 명환이를 풀어 주는 게 맞을 것 같다.

그런데 어떻게 다른 아이들을 설득할까. 뭔가 그럴듯하게 떠오르는 게 없다. 되는 대로 말을 꺼내 보았다.
"벌 받고 있는 명환이 때문에 생각난 건데, 어떤 사람이 걸어가다가 길 한가운데에서 사과처럼 생긴 조그마한 물건을 보았어. 요까짓 것 하면서 걷어차니까 이게 수박만 하게 커지네. 화를 내며 쇠몽둥이로 패니까 또 커지고…… 산만큼 커져서 깔려 죽을 지경…… 선녀가 토닥토닥 어루만지며 노래를 부르니까 점점 작아지기 시작…… 사과처럼 작아져서 길바닥에 툭 떨어졌대."
아이들이 한마디씩 했다.
"솔이와 나도 처음 상대방 종이에 시작한 낙서가 점점 커졌어요. 싸움도 작은 싸움에서 화가 나서 점점 커져요."
"장발장도 다른 사람이 믿어 주지 않으니까 점점 나쁘게 되었어요."

"먹으면 먹을수록 뚱뚱해지고, 뚱뚱해지니까 점점 더 먹게 되는 사람이 있어요."

명환이를 봐줘야 한다는 말은 안 나온다. 그냥 내 입으로 말을 꺼내고 말았다.

"명환이도 너무 벌을 받으면 받을수록 나쁜 마음이 생겨서 점점 더 안 좋아지는 것 아닐까?"

아니라고 한다. 정한 규칙을 한 번 어기면 점점 더 어기게 되어서 규칙이란 게 아예 필요 없어질 거라고 한다.

"명환이가 없으니까 우리 반이 축구를 못 이겨서 그래. 봐주자."

축구 핑계를 대니까 남자아이들은 봐주자 한다. 하지만 여자아이들은 절대 안 된다 한다. 명환이 봐주려면 선생님이 대신 맞으라고 한다. 뭐 못 맞을 것도 없다. 그런데 몇 대를 맞아야 하나.

3+9니까, 사흘 벌 받았으니까 이제 아홉 대 남았다고 한다. 아홉 대 때리라고 했다.

나는 책상 위에 신발 벗고 올라가 엎드렸다. 녀석들이 설마 진짜로 때리겠나 싶은 마음이 없지 않았다. 그런데 여자아이들이 우르르 나와 손바닥에 입김을 불어 넣고 때리는데, 아홉 대가 아니라 무차별 폭력, 엄청나게 세게 많이 맞았다.

"아, 허리는 안 돼. 뼈가 아파. 허리 말고 밑으로 때려!"

아팠다. 삐쳤다. 괘씸하다.

오후 마지막 시간은 체육이지만 허리 아파서 체육 못 한다 했다. 체육

해요, 해요 아무리 소리쳐도 소용없다. 체육은 교실에서 이론 수업으로 시험지를 풀기로 했다. 허리가 부러져서 어쩔 수 없다. 비틀고 문지르고 절뚝거리고 눈알 뒤집고 혓바닥 내밀고 병신처럼 걸어 다녔다. 아이들이 안마를 한다, 허리를 주무른다 어쩐다 몰려와서 야단을 떨지만 다 소용없다. 자기는 살짝 때렸다, 쌤을 씨게 때린 사람이 누구냐, 다툰다. 이제 안 때릴 테니까 제발 낫고 체육 하자 한다. 모두 조용히 시켜 놓고 한마디 했다.

"명환이 심술보를 작아지게 할 수 있을까. 방법을 찾으면 허리가 나을 것 같은데……."

역시 아무 대답 없다.

"너무 많이 혼나면 내가 짜장면 먹는 벌을 줄까?"

명환이가 확 밝아져서

"네. 욕만 먹고는 살 수 없어요. 짜장면도 먹어야지."

아이들이 그런 게 어딨냐, 그러니까 버릇을 못 고치는 거다, 염치가 없다, 혼나고 짜장면 먹기 위해 계속 나쁜 짓을 할 거다, 따졌지만 못 들은 척. 기우뚱기우뚱 부축을 받으며 계단을 내려가서 체육을 하기는 했다. 명환이가 교실 일기장에 쓴 글.

> 내가 욕을 해서
> 아이들이 선생님을 때렸다.
> 선생님이 불쌍했다.
> 선생님이 엉덩이가 빨갰다.

"야 인마, 빨간지 어떤지 봤어?"

헤헤 웃는다.

점심시간에는 명환이까지 끼워서 공을 찼다. 명환이랑 나는 죽어라고 뛰었다. 6학년한테 이겼다. 3대2. 교실로 들어가는 6학년들 쪽으로 다가가서 크게 웃었다.

"실력을 키워서 도전하도록 하라, 으하하하."

앞으로 일이 되려나, 기대를 했다.

하지만 곧 또 때렸고 욕을 했고 반성문을 썼다. 그리고 지금 욕이 나오던 입술을 벌려 짜장면을 먹는 벌을 받는 중이다. 달라질 건 없다.

그러나 하루에 두 번 주먹 세 번 욕이 한 번 주먹 두 번 욕으로 바뀌는 중이라 믿는다. [2012.11]

교실은 어둡고 / 어둔 교실에 어둔 얼굴 / 명환이가 있다 우리들이 운동장에서 뛰고 노는 내내 조그맣게 웅크리고 있었다.

불행하다.

불행한 얼굴을 보고 있는 내가 불행하다.

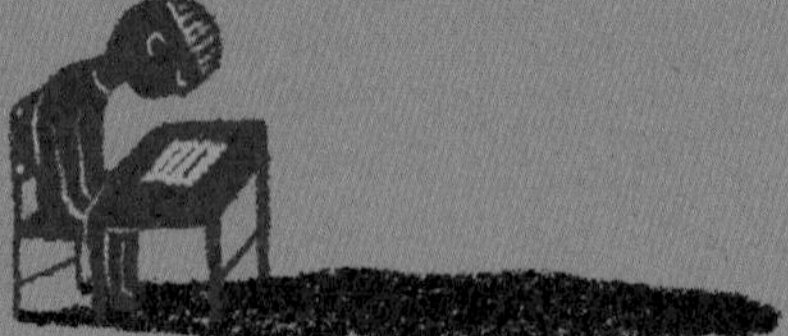

"짜장면 먹을래?"

정유안 선생님

오늘 국어 시간에는 유안이가 선생님이다.

정유안이 교실 책꽂이에서 시집 한 권을 뽑아 들고 처벅처벅 앞으로 나가더니 선생님 자리에 척 앉는다.

"어흠, 조용히 하세요. 제가 시를 한 편 읽겠습니다."

감자 불알

꽃이 핀 감자 줄기 밑을 판다.
흙을 파니 신발에 흙이 묻었다.
손을 넣어 흙 속을 만지작거리니
감자의 반이 잡힌다.
꽉 잡고 돌리니까
쑥 떼졌다.
감자 불알을 떼어 내고

손으로 그 자리를 묻어 줬다.
그래야 다시 계속
파란 게
시들어 누렇게 쓰러질 때까지
살 수 있다. (4학년 김남호《까만 손》)

"이 시처럼 우리 반도 저번에 감자 불알을 뗐잖아. 그러니까 그걸로 시를 써 보세요."

아이들 책상에 종이를 한 장씩 내려놓으며 꾸물거리지 말고 어서 써내라 한다. 날벼락 같은 성격이다. 쌀도 안 씻었는데 입맛을 다시며 얼른 밥 가져오라 숟가락을 탕탕 두드리는 격이다. 지난주에 용승 선생님은 그림책을 읽어 주었고 어제 한중 선생님은 밖에 나가서 공을 차고 그걸 그림으로 그리거나 글로 쓰라고 했다. 아이들은 한중이가 탁샘보다 훨씬 재밌고 훌륭한 선생님이라며 칭찬을 퍼부었다. 그런데 오늘 정유안 선생님은 선생님 자리에 앉자마자 막바로 시부터 써내라 하니, 칭찬받기는 글렀다. 시가 좋은가?

나도 아이들 자리에 앉아서 정유안 선생님이 써내라는 걸 써 보려 애써 봤지만 도무지 떠오르지 않는다. 어제 점심시간에 뭘 먹었는지도 기억이 안 나는데 저번에 감자 불알 뗀 일이 기억날 리 없다. 아주 기억에 없는 건 아니지만 글로 살려 낼 만큼 생생하지는 않다.

"6월 23일 하지에 실습지 밭에 가서 감자 몇 알을 캐서 냄비에 넣고 삶아서 맛있게 먹었다."

이게 끝이다. 다른 아이들도 생각이 안 난다고, 머리가 깨지는 것 같다고 투덜거렸다. 정유안 선생님이 "어…… 그럼……" 하며 잠깐 당황하시더니 친절하게도 주제를 바꾸어 주었다.

"그럼 저번에 풀 뽑은 건 어때? 그건 생각이 나지? 그걸 써."

풀을 뽑기는 뽑았다. 풀 뽑는데 풀이 많았고 더웠고 힘들었고 그리고…… 더 떠오르는 게 없다. 유안 선생님 말대로 환하게 생각나서 술술 써 나가고 싶은데 잘 안 된다. 아이들도 어렵다 한다. 유안 선생님이 또 친절을 베푸셨다. 지금부터 밭에 가서 풀을 뽑고, 그걸 쓰라고 하신다. 아, 그냥 먼젓번에 풀 뽑았던 걸 생각해 내는 게 나을 뻔했다. 이미 늦었다. 그래서 우리 반은 갑자기 호미 들고 밭으로 갔다.

비 온 뒤라 밭에 풀이 엄청나다. 이걸 어떻게 뽑나. 아침이라 이슬도 마르지 않았는데 유안 선생님은 벼락처럼 다그치기만 한다.

"뽑아. 땀이 나올 때까지 뽑아."

아이들 불평이 입술 밖으로 막 새어 나온다. 그래도 선생님 말 잘 들어주기로 약속했으니까 하라는 대로 하는 수밖에 없다.

우리는 밭에 쭈그리고 앉아 풀을 뽑았다. 어떤 아이는 풀잎 위에 물방울을 자기 얼굴에 떨구고는 "유안 선생님, 저 땀이 났어요. 이제 그만해도 되죠?" 한다. 선생님이 안 속아 준다. 거짓말하는 사람은 두 배로 더 뽑아야 한다고, 다른 학년 밭에 풀도 혼자서 다 뽑아야 한다고 했다. 불평하는 사람도 마찬가지로 똑같이 일을 더 해야 한다고 했다.

거짓말하는 아이가 다 사라졌다. 불평불만도 다 사라졌다. 다들 입을 꾹 닫고 풀만 뽑았다. 말소리 대신 입술 튀어나오는 소리, 벅벅벅 호미질 소리, 익익 힘쓰는 소리, 우두둑 뿌두둑 풀 뽑는 소리만 있다. 유안 선생님은 아이들이 입을 닫아 버린 게 또 못마땅한가 보다.

"말하면서 뽑기! 자기가 지금 어떻게 하고 있는지, 어떤 느낌인지 말을 하면서 풀을 뽑아."

그리고 자기가 말한 것을 잊지 않도록 눈꺼풀에 적어 놓으라 하신다. 일이 두 배 세 배 많아졌다. 그냥 손으로 호미질하고 풀을 당겨 뽑기만 하는 것도 힘든데, 이제부터는 풀을 뽑는 동시에 입을 벌려 말을 해야 하고, 더구나 자기가 한 말을 자기 머릿속에 기억까지 해야 한다. 선생님이 시키는 대로 아이들은 입으로 말을 하며 풀을 뽑기 시작했다.

"와, 완전 풀 감옥이다."

"앗, 차가워!"

"풀이 새끼를 쳐."

"바랭이가 장군."

"똥꾸멍에 땀 나."

"풀은 멀쩡한데 호미가 뿌러졌어."

선생님은 아이들한테 '풀을 뽑아라, 땀이 날 때까지 열심히 풀을 뽑아라' 하셨지만 아이들은 풀 뽑는 것에는 하나도 관심이 없다. 오직 땀이 나는 것에만 관심 있다. 그래서 얼굴에서 얼른 땀이 흐르게 하려고 마구마구 힘을 썼고, 결국 풀을 두 배 세 배 뽑게 되었다. 밭고랑이 훤해졌다.

교실에 들어가서 방금 전에 풀 뽑은 걸로 글을 썼다. 유안 선생님은 앞에 앉아서 똑바로 눈을 뜨고 아이들이 글을 잘 쓰고 있는지 감시했다. 상훈이가 다 썼다며 쓴 글을 들고 앞으로 나갔다. 유안 선생님이 상훈이 글을 들고는 웅얼웅얼 읽었다.

"불합격이야. 사실만 있어. 재미가 하나도 없어."

상훈이는 퇴짜 맞은 종이를 들고 자기 자리에 들어가더니 에이, 시발 하며 다시 쓰기 시작했다. 이번엔 용승이가 글을 들고 앞으로 나갔다. 유안 선생님은 용승이 글을 읽는 둥 마는 둥 한번 스윽 훑어보더니

"다시 써. 너무 짧아."

용승이가 으아악 머리를 쥐어뜯으며 자리에 앉았다. 글 더 길게 쓰라는 말에 머리를 쥐어뜯던 용승이가 더 이상은 못 쓰겠다고 우는 소리를 하니까 선생님이 용승이 곁에 가서 도와준다.

"시는 한순간 딱 잡아내서 써."

"……."

"그때 너 기분이 어땠어?"

"……."

"슬퍼서 어때?"

"……."

"예를 들어서 써 봐. 너의 발가락이 꼼지락거렸어? 눈을 훌쩍훌쩍거렸어? 너의 어디가 어떻게 돼?"

용승이가 썼다.

내 밭

내가 밭 만들어서 돌멩이 주워서 탁탁탁. 딸기에 선생님이 거름을 많이 너어서 죽어다. 훌쩍훌쩍 슬퍼서 나의 눈에서 눈물이 훌쩍훌쩍. (4학년 박용승)

나도 아이들 자리에 앉아 글을 써 보려 했지만 안 떠오른다. 뭘 써야 하나. 말이 느리고 글자가 서투른 용승이가 자기 앉은 자리만큼 돌멩이를 둘러쌓아서 만든 동그란 밭 이야기를 써 볼까. 밭 예쁘다고 농사 잘 되라고 내가 특별히 거름을 듬뿍 넣었는데 거름이 독해서 뭐든 심기만 하면 죽어 버렸지. 지나친 보살핌은 죽음이라고 쓸까?

뻔하고 시시하다. 좀 전에 풀 뽑을 때 상진이가 실내화를 신고 밭에 온 건 어떨까. 아이들이 너 실내화 신고 밭에 왔다고 뭐라 하니까 "나 새 실내화 샀잖아. 실내화 새로 사면 원래 실내화는 실내화가 아니라 신발이 되는 거여" 하던 말.

이것도 내가 쓸 글은 아닌 것 같아 그만둔다. 못 쓰겠다. 고민하는 척 끙끙거리며 어서 시간만 가기를 기다렸다.

찬식이는 글 쓰라는 유안 선생님 말을 안 듣고 아까부터 자꾸 깐족거린다.

"선생님, 생각이 안 나면 어떻게 해요?"

유안 선생님이 성실하게 대답해 준다.

"연필을 들면 생각이 날 거야."

"그래도 생각이 안 나면은요?"

"일어서서 걸어 봐."

"그래도 생각이 안 나면 어떻게 해요?"

"뒤로 나가서 손들고 있어. 그럼 생각이 날 거야."

찬식이가 뒤로 나가서 손을 들었다.

"생각은 안 나지만, 이제부터 생각을 해 봐야지 하는 마음이 들면 언제든지 손 내려도 돼."

찬식이가 손을 내릴 리 없다. 자기는 절대 생각이 안 난다며 손을 들고 버틴다. 할 수 없이 내가 끼어들었다.

"지금 정유안 선생님 수업이 끝나면 그다음에는 원래대로 내 시간인 거 알지? 그때는 생각이 나도 소용없어. 나는 절대 안 들여보낼 거야."

찬식이가 잽싸게 손을 내리더니 이제 생각이 나기 시작했다며 자기 자리로 들어가서 글을 쓴다. 뭐라 뭐라 쓰더니 쓴 글을 유안 선생님한테 보여 준다.

> 정유안 때문에 잡초 뽑기
>
> 정유안 때문에 잡초 뽑기를 했다. 그 전에도 잡초 뽑기를 했는데 오늘 정유안이 1, 2교시 선생님이라고 밭에 가서 잡초를 뽑으라고 했다. 그래서 잡초를 뽑았다. 완전 힘들었다. 정유안이 선생님이 되니까 완전 화나고 재수가 없는 것 같다. 정유안, 내가 선생님이 되는 날에는 너를 부려먹겠어. (4학년 윤찬식)

찬식이가 써낸 글을 손에 들고 읽는 정유안 선생님의 표정이 점점 안 좋다.

"이건 남을 원망하는 것만 있어. 불합격!"

찬식이가 불합격 받은 종이를 들고 자리에 가서 앉더니 종이를 뒤집어서 다시 썼다.

운좋은 잡초 뽑기

잡초뽑기를 했다. 호미와 손으로 잡초 뽑는다. 호미로는 삭삭삭. 손으로는 뚜뚜뚜뚝. 이런 소리를 내며 뽑는다. 이런 소리를 내며 잡초를 뽑으니 참 재미있다. 정유안 때문에 이런 소리도 듣다니 난 운이 좋은 거 같다. 그리고 잡초가 엄마 품을 떠난다.

이번에는 글을 읽는 정유안 선생님 표정이 좋다.

"음…… 이건 리듬이 있어. 합격!"

혜원이가 글을 들고 나갔다. 혜원이 글은 느낌이 있긴 있는데 너무 약하고 억지스럽기도 하고, 그렇게 잘 쓴 건 아니지만 이 정도면 뭐 되기는 됐는데 좀 그렇다는 이상한 평가를 받았다. 합격을 받기는 받은 혜원이 글은 이렇다.

풀뽑기

으샤 으샤 으라차 쏙

풀을 뽑으려 하는데

톡!

이슬이 내 얼굴에 튄다

풀이 슬픈 생각나는지

눈물을 흘린다. (4학년 안혜원)

선생님한테 가장 칭찬을 많이 받은 사람은 한중이다. 한중이가 시를 써 내자마자 유안 선생님은 그래 바로 이런 게 시라며 큰 소리로 읽어 주셨다.

풀뽑기

우두둑 푹푹

우두둑 푹푹

감자가 풀감옥에 갇혔다.

쇠보다 강한 풀은

당당히 뽑으라고 서 있다.

힘들어

내 똥구멍에서 땀난다. (4학년 김한중)

한중이가 부끄러워하며 가만히 책상 밑으로 머리를 숙였다. 마지막으로 정유안 선생님이 자기가 써 온 시를 읽어 주겠다며 공책을 폈다.

맹장 수술

엄마가 맹장 수술을 받는다.
엄마가 수술 전에
기도 해달라 하신다.

아무도 없는 방
의자에 앉아 기도를 했다.
'왜 그러지 왜 그러지'
공부하라 잔소리해서
싫은 마음이 들었던 엄마한테
기도를 했다
"하나님, 우리 엄마 수술 잘 되게 해주세요."
뚝……뚝……뚝
참던 눈물샘이 터졌다.

다 기도를 하고 속으로
자존심 그놈 땜에
차마 못 말 하겠다
엄마 위해 기도했다고
못 말하겠다.

여러 번 고친 자국이 보인다. 아이들한테 들려주려고 어젯밤부터 정성 들여 썼을 것이다. 집에서 이런 시를 준비해 왔으면 '감자 캔 일'이나 '풀 뽑은 일' 말고 차라리 '걱정한 일'을 쓰라고 했으면 어땠을까 싶다. 그러면 아이들한테 욕먹는 선생님이 안 되었을 텐데. 내가 앞으로 나가서 유안 선생님이랑 자리를 바꾸며 학생들한테 소감을 물었다. 유안 선생님의 수업이 어땠는지.

"재밌어요."

"유안이는 시를 잘 판정해요. 똑똑하지 않은 것 같은데 똑똑해요."

"선생님보다 부담스러워요."

"찬식이가 친구라고 막 나대니까 선생님 하기가 힘들 것 같아요."

내일은 혜원이가 선생님이 될 차례다. 어떤 수업을 할지 기대가 된다. 혜원이는 유안이보다 성격이 더 급하고 더 날카롭다. 자기 자신한테는 너그럽지만 남의 일이라면 대충 봐주는 게 없는 아이다. [2016.7]

오늘 국어 시간에는 유안이가 선생님이다.

"불합격이야. 사실만 있어. 재미가 하나도 없어."

"다시 써. 너무 짧아."

"시는 한순간 딱 잡아내서 써."

"그때 너 기분이 어땠어?"

"슬퍼서 어때?"

"예를 들어서 써 봐."

용승이가 썼다.

김상훈 선생님

오늘 국어 시간은 상훈이가 선생님이다.

김상훈이 앞으로 나가서 선생님 자리에 앉았다. 다들 한 번씩 돌아가면서 해 보는 선생님 노릇인데, 상훈이 차례가 되니까 아이들 얼굴이 어둡다. 1학년 때부터 꾸준하게 자기들을 괴롭혔던 녀석이 선생님이라고 폼 잡고 자기들 앞에 앉아 있는 꼴이 못마땅한 것이다. 김상훈이 남 때리고 욕하는 버릇 고치겠다고 여러 번 다짐했고, 요즘에는 남 괴롭히는 일이 거의 없다. 하지만 몇 년 동안 쌓인 안 좋은 감정을 금방 날려 버리는 건 쉬운 일이 아닌 것이다.

"오늘은 죽을 뻔한 이야기를 써 볼 거예요."

상훈이 말이 떨어지자마자 불평이 나온다.

"또 써?"

지지난 시간에는 유안 선생님이 '밭에 풀 뽑고 시 쓰기'를 시켜서 아이들한테 욕을 먹었고, 지난 시간에는 혜원이가 슬펐던 일을 산문으로 쓰라고 시켜서 교실에 한숨이 가득했다. 물론 환영받은 글쓰기도 있다. 화요일 국어 시간에 한중이 선생님이 '축구 하고 글쓰기'를 하겠다며 첫 시간부터 운동장에서 축구를 한 일이다. 그날 한중이는 혜원이가 찬 공을 막다가 손가락을 다쳐서 읍내 병원에 가기도 했다.

국어 시간이니까 책을 읽어 줄 수도 있고, 말을 주고받을 수도 있고, 옛이야기 하나 들려줄 수도 있는데, 이상하게도 다른 건 안 하고 글을 쓰라고 한다. 남들한테 글 쓰라 시켜 놓고 자기는 선생님 자리에 가만 앉아서 누가 떠들고 딴짓하는가, 감시나 하겠다는 속셈이다. 헛기침이나 하며 앉았다가 누가 글을 써서 내면 대충 읽으며 잘 썼니 못 썼니 지적하면 그만이니까 글쓰기가 편하기는 할 것 같다.

선생이 하라는 대로 고분고분 따라 줄 아이들이 아니다. 상훈이한테 묵은 감정이 가장 많은 찬식이가 먼저 딴지를 걸었다.

"죽을 뻔한 일을 안 쓰면 안 돼요?"

상훈 선생님이 안 된다며 고개를 가로저었다. 찬식이는 멈추지 않는다.

"살 뻔한 이야기 써도 돼요?"

"죽을 먹은 이야기 써도 돼요?"

상훈 선생님이 입술에 손을 갖다 대며 너는 더 이상 말을 하지 말라며 협박한다.

"지금부터 떠드는 사람은 손들 거야!"

살 뻔한 이야기도 괜찮고, 죽을 먹은 이야기도 괜찮을 것 같은데, 이 정도의 장난말은 받아 줘도 될 것 같은데 벌부터 주겠다니, 지나치다. 아이들한테 하루 종일 잔소리를 늘어놓는 어른 선생들과 다를 게 없다. 평소에는 멀쩡하게 착하던 아이들이 어째서 선생님 자리에만 앉으면 어른 선생들 흉내를 내는지 모르겠다.

찬식이가 자리에서 벌떡 일어나며 반발한다.

"그럼 손만 들면 맘대로 떠들어도 되지? 글 안 쓰고."

상훈이 선생님도 물러서지 않고

"뒤로 나가! 손들어!"

"인권침해!"

찬식이가 버럭 소리치며 뒤로 나갔다. 내가 두 아이를 살살 달래서 원래 자리로 돌아오게 했다. 찬식이 입이 잠깐 조용한 틈을 타서 이번에는 혜원이가 따지듯 물었다.

"그런데 왜 갑자기 죽을 뻔한 이야기를 쓰라고 해? 이유가 뭐야?"

"내가 죽을 뻔한 일이 많았거든. 그래서 다른 사람 경험이 알고 싶어서."

손들고 벌 받을 뻔했던 찬식이가 다시 소리친다.

"사생활 침해!"

그리고 이어지는 공격,

"난 너가 이럴 줄 알았어!"

찬식이는 이런 식으로 말을 물고 늘어지며 상훈 선생님의 국어 시간을 다 보내 버리겠다는 속셈인 것 같다. 내가 다시 찬식이한테 다가가서 어깨를 누르며 진정시켰다. 찬식이가 입을 다물자 상훈 선생님이 자기 이야기를 꺼냈다.

"내가 1학년 때 할아버지랑 밥 먹고 배드민턴 치다가 뒤로 넘어져서 돌에 머리가 박혀서 머리가 깨져서 죽을 뻔했어. 그리고 2학년 때는 양구 동물원에 갔는데 거기에 뱀이 있어가지고 어떤 사람이 목에 뱀을 매고 있었는데 아주 굵은 뱀이었는데 내가 뱀 입에 손가락을 넣었어. 그리고 뱀이 깨물어서……."

뱀에 물렸다는 말에 아이들 눈이 반짝인다. 혜원이가 중간에서 말을 끊으며 물었고, 상훈이가 대답했다.

"아팠어?"

"응."

"병원에 갔어?"

"응."

"피 났어?"

"응. 피 많이 났어."

다시 하던 말을 계속한다.

"……마지막으로는 침대에서 누워서 자고 있는데 컴퓨터 모니터 옆에 뾰족한 부분에 모서리에 박아서 머리가 깨져서 다음 날 병원에 갔어."

현주가 물었다.

"머리가 깨졌는데 왜 다음 날 가? 급한데?"

"그때가 새벽이었거든."

아이들 사이에서 새벽에도 병원 문을 연다느니, 응급실에 가면 된다느니 양양에는 응급실이 없어서 속초까지 가야 한다느니 하며 말이 많아졌다. 상훈 선생님 이야기에 여기저기서 반응이 뜨겁다. 내가 수업할 때는 이런 반응이 없었던 것 같다.

상훈 선생님이 한 사람씩 돌아가며 죽을 뻔했던 경험을 꺼내 놓으라고 말을 시켰다.

현주가 먼저 말을 시작했다.

"나는 어릴 때 아빠 무릎에 앉았어. 그런데 아빠가 확 밀어서 팔이 부러졌어. 그래서……."

말을 하다 말고 울먹거리더니 책상에 엎어져 운다. 현주가 우는 걸 보고는 상훈 선생님이 말을 바꾸었다. 죽을 뻔한 이야기만 쓰라더니 "너는 너무 끔찍하면 죽을 뻔한 일 말고 지금 살은 일을 써도 돼" 한다.

혜원이 차례다.

"언니랑 놀고 있었는데 물에서 튜브 타고 있었는데 내가 키가 작아서 튜브에 안 닿았어. 그걸 언니들이 모른 거야. 그래서 물에 쑥 들어갔는데……."

용승.

"어제 꿈꿨는데 근데 집이 컸어. 꿈에서 집이 무너져서…… "

용승이가 말을 다 안 마쳤는데 상훈 선생님이 말을 자른다.

"그건 꿈이라서 재미가 없어. 꿈 말고 진짜 있었던 일을 써."

용승이가 책상을 두 손으로 꽝 치고는 입을 다문다. 용승이가 왜 자기 이야기를 안 하고 가짜 이야기를 하는지 알 것 같다. 마음속 상처를 건드리게 될까 방어하는 것이다. 마음이 허락하지 않으면 어쩔 수 없는 일이다. 아마 평생 묻어 두고 비껴 살게 될지도 모른다.

유안이는 손가락으로 상훈 선생님을 겨냥하며 "너 때문에 죽을 뻔했어. 2학년 때 너가 발로 내 명치를 차서 내가 숨 못 쉬어서 기절했어. 그때 놀고 있는데 너가 갑자기 발로……."

상훈이가 "미안해 미안해" 하며 2년 전의 일을 다시 사과한다.

다들 죽을 뻔한 이야기가 있다. 이제 열한 살짜리 아이들도 이렇다. 다행히 무사히 살아나서 우리는 오늘 지금 이 자리에서 만나고 있다. 귀한 만남이다.

"선생님 차례예요."

죽을 뻔한 일이라면 나도 있다. 그런데 아이들처럼 주머니에 손 넣었다 빼듯 쉽게 자기 속 이야기를 꺼내는 게 나는 어렵다. 비껴가고 싶다. 내 얘기 대신 동네 형 얘기를 꺼냈다.

"우리 동네 순규 형이라고 있거든. 그 형이 감나무에 올라갔다가 떨어져서……."

그 형이 감나무에서 떨어져 죽을 뻔했고, 개울에서 다이빙하다가 바위에 머리를 박아서 죽을 뻔했고, 중학생 때는 마을 동사 옥상에서 여름에 잠자다가 떨어졌고, 더 커서는 설악산에 갔다가 떨어졌고, 그런 식으로 계속 떨어졌는데 지금은 결혼해서 착하게 살고 있는 이야기를 했다. 상훈이가 따졌다.

"그건 선생님 얘기가 아니잖아요."

나도 늘 그 형이랑 같이 있었으니까 내 얘기나 마찬가지라며 이런저런 변명으로 빠져나갔다.

나랑 용승이만 빼고는 다들 자기 이야기를 했다. 완전히 불이 붙었다. 이야기가 속에서 부글부글 끓고 있다. 어서 글을 쓰라는 말이 떨어지길 기다리고 있는데 상훈 선생님이 자기가 써 온 보기 글을 꺼내 읽는다.

> 나는 안 죽는다
>
> 나는 여태까지 여러 번 죽을 뻔 했지만 안 죽었다. 전에 체험학습으로 양구에 있는 동물원에 갔다. 동물원에 큰 뱀이 있었다. 검정색인데 눈이 크고 몸이 굵은 뱀이었다. 선생님이 뱀 모가지랑 꼬리를 쥐고 아이들 목에 뱀을 감아주었다. 선생님이 뱀을 만지지 말라고 했는데 나는 과연 저 뱀이 날 물까라고 생각하면서 뱀 입에 내 두 번째 손가락을 쑤셔 넣었다. 그러자 갑자기 뱀이 날 깨물었다. 손에 상처가 났다. 그래서 병원 응급실에 실려갔다. 손이 마비가 되는 것 같았다. 의사선생님이 독이 없는 뱀이라 죽지는 않는다고 했다. 나는 잘 안 죽는다. 나는 질긴 고무줄 같다.
>
> 그때 놀이터에서 말벌한테 쏘였는데도 안 죽고 집에서 머리가

돌에 박혀서 깨졌는데도 안 죽고 멀쩡했다. 여름에 계곡에서 놀다가 돌이 다리에 박히고 긁힌 적도 있다. 그래서 계곡물이 물감을 탄 것처럼 빨강색이 되었다. 그래도 나는 멀쩡하다. 나는 불사조 같다. 나는 우리 할아버지보다 오래 살 거다. 115살까지 살 것 같다.

글을 다 읽은 상훈이가 아이들한테 종이를 한 장씩 내주었다.
"써 보세요."
"산문으로 써?"
"응. 산문으로 써도 되고 시로 써도 돼. 산문은 길게 써야 되는 거 알지?"
아이들이 불평 없이 손에 연필 쥐고 글을 쓰기 시작했다. 10분쯤 지나자 아이들이 글을 내기 시작했다. 상훈 선생님이 아이들이 써낸 글을 읽고는 한마디씩 해 주었다.
"이건 살짝 상상 좀 넣어 봐."
"여기를 자세히 써 봐."
자기 편하려고, 폼 잡으려고 글쓰기를 시킨 게 아니었다. 아이들 글이 좋아지게 하려고 정성을 다 하고 있다. 이 정도면 성공한 수업이다. 선생님 자격이 있다.
우리 학교에서 가장 많이 지적받고 많이 혼나는 아이가 상훈이다. 친구들한테 침을 뱉고 딱지치기하다가 화를 못 참아 의자를 집어 던지기도 하고 동생들한테 돈을 받아 내기도 한 녀석이다. 하지만 이 녀석도 선생님이 되니까 다르다. 배우는 자리에서는 한없이 거칠고 예의 없게 굴더니, 가르치는 자리에 서니까 자꾸 친절해진다. 흐트러지고 비뚤어졌던 자기 몸을 자꾸 똑바로 세우려 한다.

아이들이 쓴 '죽을 뻔한 이야기' 가운데 짧은 것 두 편 들어 놓겠다.

명치

빠바박
으악
내가 쓰러졌다
눈앞이 캄캄
숨을 쉬지 못 했다
울지도 못 했다
들리는 소리는
"으흐흐하하!" 상훈이 웃는 소리.
움직이고 싶어도 움직일 수 없고
눈을 뜨려고 해도 뜨지 못 한다.

흐릿한 눈
저 앞에
뱃사공이 보였다
뱃사공이 오더니

심폐소생술을 했다.

깨어보니
누군가 내 몸을 두들기고 있었다.
내 친구 유신이다.
"야! 야! 정유안! 눈 좀 떠 봐!"
내가 "유신아……" 하며 일어났다.
친구들이 "야, 김상훈!" 하며
내 명치를 발로 찬 상훈이한테 따질 때
쉬는 시간 끝나는 종이 울렸다.
공부 시간에도 아픔이
내 몸에서 나가지 않았다. (4학년 정유안)

닭도리탕 뜨거워

난 닭도리탕이 조타. 엄마가 해준 닭도리탕. 감자랑 닭고기 넣고 면도 넣고 푹푹 끌이다가 뚜껑을 열면 김이 확 올라온다. 먹을라고 했는데 안경에 김이 끼어다. 안경을 벗어서 옷으로 닭으니까 환하다. 젓가락으로 닭고기를 집어서 먹어다. 맵다. 그리고 허허허! 너무 뜨겁다. 물물물! 물 먹고 싶다. 물 먹고 나서 또 먹는다. 조금 뜨겁다. 다 먹었다. 뜨거워서 죽을 뻔 했다. 안 죽고 배만 불르다. 꺼억! (4학년 박용승)

[2016.7]

배우는 자리에서는 한없이 거칠고 예의 없게 굴더니,

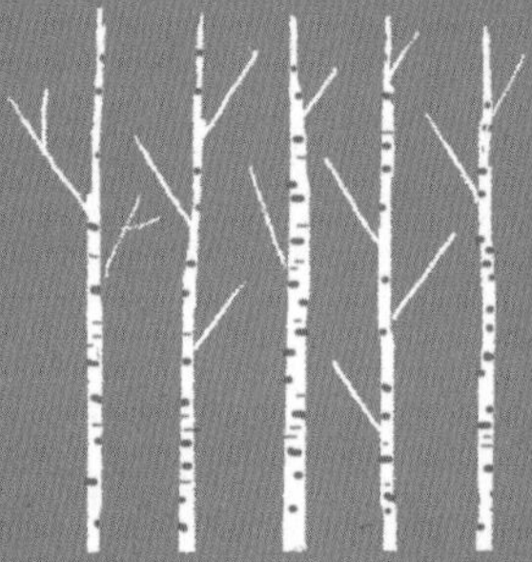

가르치는 자리에 서니까 자꾸 친절해진다.

흐트러지고 비뚤어졌던 자기 몸을

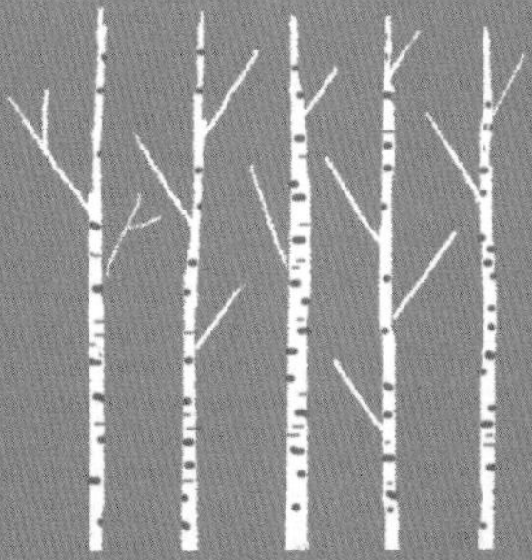

자꾸 똑바로 세우려 한다.

참 이상도 하지

월요일 아침, 이번 주 반장을 새로 뽑는다.

반장이 되면 뭐가 좋은지 투표 때마다 후보가 마구 나선다. 이번 주에는 우리 반 12명 가운데 8명이 후보다. 투표 결과 주현이가 이번 주 반장으로 뽑혔다. 주현 반장이 앞에 나와서 아이들 청소를 정해 줬다. 아이들마다 청소 시간에 하고 싶은 일을 물어서, 그 일을 하라고 말해 주면 된다. 어디에서 일하든, 어떤 일을 하든, 자기 입으로 말한 그것이 이번 주 자기 담당이다.

청소 시간 10분을 보람 있게 보낼 수 있는 있는 방법, 뭐가 있을까.

'양말 귀에 꽂고 책상에 엎드려 네 발로 헤엄치기?'

그것도 좋다. 그 일이 우리들을 위해 얼마나 필요한 일인지 설명할 수 있으면 되겠지. 양말 귀에 꽂는 일 따위를 '모두에게 필요한 일'이라고 인정해 줄 사람은 없겠지만.

아이들이 하고 싶은 일을 한마디씩 했고, 반장은 고개를 끄덕이며 그 일을 하라고 허락했다.

"우유 당번."

우유 당번을 하겠다 했으니 예진이는 이번 주에도 우유 당번이다.

"노래 불러 주기."

노래를 하겠다는 정래는 청소 시간에 칠판 앞에 얌전히 서서 노래를 부르면 된다.

"닭이랑 놀아 주기."

"배추밭에 가서 배추벌레 잡기."

다들 지난주와 비슷하다. 주마다 새로울 수는 없겠지. 아무리 맘껏 뜻을 펼쳐 보라 해도 정해진 울타리를 벗어나기는 쉽지 않다.

'점심시간에 동생들이랑 놀아 주기, 닭장 수리, 바닥 쓸기, 청소 관찰, 칠판에 시 한 편 적기, 청소기 밀기, 물건 닦기…….'

내 차례가 되었다.

"나는 나뭇잎을 주워 올게."

이건 내가 처음이다. 3월부터 지금까지 나뭇잎을 주워 오겠다고 말한 사람은 없다. 주현 반장이 따지듯 말한다.

"그게 왜 우리한테 필요한 일인지 설명해 보세요."

갖다 붙이는 거야 쉽지 뭐.

"요즘 바닥에 굴러다니는 낙엽이 얼마나 예쁜지. 이걸 교실에 가져와서 벽에 붙여 놓으면 우리들 마음도 얼마나 예쁠까요. 이제 가을도 마지막이고 우리들 졸업도 얼마 안 남았으니 지금밖에 기회가…….”
이런 식으로 주렁주렁 설명을 해서 허락을 받아 냈다.

청소 시간이다. 청소기 담당은 청소기를 끌어냈고, 닭장 수리 담당은 망치를 들고 닭장으로 갔고, 나는 빈손으로 밖에 나갔다. 온갖 나뭇잎이 바닥을 구른다. 내가 맡은 일이 아주 어렵고 값진 일이란 것을 보여 주기 위해 느리게 신중하게 움직였다.

나무 밑에 서서 잎 떨군 가지를 쳐다보다가 천천히 허리 숙여 바닥에 깔린 잎을 살폈다.

검은 점들이 별처럼 박혀 있고, 아침 바다 빛, 노을빛, 그리움의 빛, 푸르댕댕한 빛, 이건 감나무 잎이다.

둥글게 말린 각도가 잎마다 다르고, 잎맥을 중심으로 이불처럼 말린 것, 가운데 배가 불룩 나온 것, 허리를 뒤로 젖힌 것, 이건 마른 밤나무 잎이다.

오래 머물러 아무것도 아닌 것은 없다.

나뭇잎 줍는 걸 일 삼아 맡고 보니 나뭇잎이 보이기 시작한다. 세상에 나뭇잎이 있다는 걸 알겠다. 그냥 버스럭거리며 사라질 것들이 아니었다. 주워 든 나뭇잎에서 눈을 떼지 않고 걸었다. 나뭇잎 말고는 아무것도 보이는 게 없다는 듯 조심조심 2층 계단을 올라왔고 더듬더듬 교실 문을 열고 들어왔다.

느리면 신중해지고, 신중해지면 귀해지는 것.

손에 든 나뭇잎을 하나하나 천천히 칠판에 붙였다.
'나의 예술혼을 인정하지 않을 수 없으리라.'
붙인 나뭇잎 옆에 시를 한 편 골라 적었다. 아이들은 별 관심도 없이 저들끼리 떠들다가 가방 메고 교실을 나갔다.

다음 날 아침, 밤새 내리던 비가 그쳤다. 뒤뜰에 적단풍나무 잎이 떨어져 바닥에 깔렸다. 빈 가지마다 물방울이 맺혔다. 바닥에 단풍잎은 붉고, 가지에 물방울은 투명하고, 하늘은 파랗고. 혼자 보기 아깝다.
아이들을 밖으로 불러냈다. 나뭇잎 예쁘다고 얼른 나와서 보라고 호들갑을 떨어 보지만, 내 말 한마디에 벌떡 일어나 나올 아이들이 아니다. 마지막이라고, 졸업 사진 찍는 거라 하니 어후우 벌써, 하며 겨우 일어서서 나온다.
사진 찍을 때 공중으로 펄쩍 뛰기도 하고, 바닥에 떨어진 단풍잎을 주워 흩뿌리기도 했다.
"나뭇잎 맘에 드는 거 한 장이나 두 장 주워서 교실 가져가."
아이들이 나뭇잎을 주웠다. 감나무 잎, 고욤나무 잎, 벚나무 잎, 은행나무 잎, 단풍나무 잎, 닥나무 잎……. 교실에 와서 나뭇잎 살펴보기를 했다.

"구멍을 찾아봐. 벌레가 먹은 구멍도 있고, 바람에 뚫린 구멍도 있고."
아이들이 나뭇잎 구멍에 눈을 대고 망원경처럼 저쪽을 살핀다.
"점을 찾아봐. 선을 찾아봐."
나뭇잎을 살피며 한마디씩 한다.

"결이 있어요. 진해요."

"선이 많아요."

"나뭇잎 속에 나무가 있어요."

칠판에 적어 놓은 시를 다 같이 읽었다.

참 이상도 하지

산속에서 똥을 누면 어디선가
똥파리
날아오고
과자 부스러기 떨어지면 금세
개미들
나타나고
사과 껍질 깎아 놓으면 어디선가
초파리 생긴다 (강정규《목욕탕에서 선생님을 만났다》)

씨앗에서 나무가 자라고, 나무에서 잎이 자라고, 잎이 떨어져서 씨앗을 키우듯, 세상에 모든 것은 연결되어 있다. 그러니까 이쪽을 드러내기 위해 저쪽 세계를 데려와 보여 주는 은유라는 것도 가능한 일 아니겠나.

"자기 손에 있는 나뭇잎이랑 이 시는 어떤 관계가 있어?"

정호가 대나무 잎을 들어 올리며 말한다.

"이건 비밀인데, 전에 성우가 산에 가서 똥 쌌어요. 휴일에 축구 하다가 화장실 가고 싶은데 학교 문이 다 잠겨 있어서 산에 올라갔는데 대나무가 있었어. 대나무 밑에서 쌌어."

찬식이가 참나무 잎을 내밀며 말했다.
"이 나뭇잎에는 똥파리가 올 것 같아요. 커피색인데 똥색이에요. 똥이 변비 걸려서 5일 고생하다가 마침내 세상에 나왔는데 딱딱해. 그 똥이 시간이 지나서 변기통에 앉아 있는 색깔."
"똥 얘기 말고, 다른 건 없어?"

시하가 말했다.
"이건 벚나무 잎. 재작년인가, 운동장 벚나무 밑에 나뭇잎이 엄청나게 쌓여 있었어. 그거 가지고 놀려 했는데 나뭇잎 더미 속에 산이 오빠가 앉아 있었어. 우리 놀릴라고. 그 기억이 나요."
"그거랑 칠판에 있는 시랑 뭔 상관이야?"
"벚나무 잎 떨어진 곳에서 아이들이 다 같이 달려들어 노는 게, 한 가지가 있으면 어디선가 다른 게 나타나는 거랑 비슷하잖아요."

다른 아이들도 한마디씩 했다.
"감나무 잎. 저는 감나무 잎을 주웠어요. 이 시에서 하나가 있으면 다른 게 나타나는 것처럼 감도 깎아 놓으면 어디선가 초파리가 와."
"뭐 뭐 하면에서부터 무언가 생겨나. 그 말은 모든 것을 끌어오는 힘이 있는 것 같아."

"나는 방 안에서 과자 먹으면 어디선가 오빠가 나타나."

"내가 컴퓨터 할라 하면 누나가 와서 자기가 컴퓨터 해야 한다고."

"자려고 하면 어디선가 엄마가 청소기 들고 와."

나뭇잎을 실마리 삼아 자기 말 풀어놓기, 이 정도로 기대를 했는데 나오는 말을 들으니 다른 욕심이 생겼다.

주워 온 나뭇잎 종류별로 모둠을 지어서 시 짓기 놀이를 했다. 아이들이 서로 머리 맞대고 써낸 시는 이렇다.

과자 먹다 떨어뜨리면
마당에서 강아지가
목줄 풀고 달려오고
김치냉장고에서 맛살 뜯으면
자던 고양이 검두리가 달려오고
휴대폰을 잠깐 보려 하면
엄마가 달려와 그만 하라고 한다.

(참나무 잎 모둠)

주말 오후 자려고 눈을 감으면
엄마가 청소기 들고 나타나고
공부 좀 하려 하면

샤워실에서 형이 노래 부르고
과자를 먹으려 하면
어디선가 오빠 손이 나타난다.

(벚나무 잎 모둠)

[2015.11]

오래 머물러 아무것도 아닌 것은 없다.

나뭇잎 줍는 걸 일 삼아 말고 보니 나뭇잎이 보이기 시작한다.

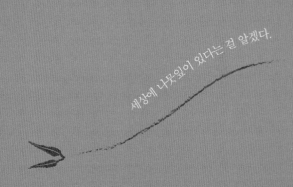

세상에 나뭇잎이 있다는 걸 알겠다.

그냥 버스럭거리며 사라질 것들이 아니었다.

거상

장에 가져가서 장사를 할 만한 게 뭐가 있을까.

학교 텃밭에서 캔 고구마가 있다. 고구마를 팔자. 또 뭐가 있을까. 뱀을 잡을까? 11월이니 굴속에 들어가 버렸겠지. 뱀은 안 되겠고. 학교 둘레에 냉이, 꼬들빼기는 흔하다. 봄보다는 가을 냉이가 향이 좋지. 냉이를 캐서 팔자.

어떤 게 돈이 될 만한 것들인지 주워섬기고 있는데 갈천 사는 남자아이가 묻는다. 성의 없는 말투로

"냉이가 어떤 거예요?"

네가 모르면 나도 모른다. 냉이 모르는 건 내 책임 아니다.

"올봄에 냉이 튀김 해 먹었는데, 모르면 할 수 없지. 아는 사람이 캐면 되는 거야."

"도와주세요."

"그래, 고마워. 수입의 반은 내 건 거 알지?"

"아니, 안 도와줘도 돼요."

아이들이 당장 호미 챙겨 들고 학교 텃밭으로 뛰어갔다.
상훈이는 금방 한 바구니 캐 와서 수돗가에 서서 뿌리가 하얗게 되도록 씻고 있다. 제법인데, 하며 다가가서 칭찬하려다 말았다. 어쩐지 빠르다 했지.
"야, 다 버려. 못 먹어."
생각을 좀 하며 캐라고 한마디 했다.
"전엔 이것도 먹는다 했잖아요."
이런 건 이른 봄에 잎이 어릴 때나 나물이지, 줄기 억센 가을에 이게 입에 들어가 씹어지나. 지칭개, 달맞이풀, 소리쟁이 뿌리들. 그중에는 민들레도 있다. 민들레는 안 버려도 되겠다.
"민들레는 잘 캤어. 버리지 말고 놔둬."
민들레가 돈이 된다는 말이 퍼져서 금방 민들레가 싹쓸이 수난을 당했다.
"어떤 건 시멘트 벽 사이에 끼어 있어가지고 못 캐겠어요."
하여튼 캘 수 있는 건 모조리 캐 온 것 같다. 내년 봄에는 학교에서 민들레 노랗게 피는 것 구경하기 글렀다.

두 명씩 세 명씩 짝을 지어 바구니 가득가득 냉이며 꼬들빼기를 캐서 씻어 놓았다. 장터에 세워 놓을 푯말을 만드는 모둠도 있다.

영차영차 고구마, 꼬들고들 꼬들빼기, 활짝 민들레,

똑독 호두, 아이 달아 감,

가을향기 냉이, 가을 수수.

장터에 오기 위한 손으로 씻고 따고 캤습니다.

싱싱 배추 팝니다. 갈천산. 무우도 싱싱 갈천산.

내일이 양양 장날. 학교 텃밭에서 캔 것 말고, 집에서 더 가져올 것 있는 사람은 가져오라고 했다.

"자기 손으로 생산한 것만, 자기 손때가 묻은 것만."

아이들이 한껏 들뜬 얼굴로 교실 문을 나선다. 자기네는 내일 뭐 가져올 거다 뭐 가져올 거다 떠들어 댄다. 장에 가면 돈도 엄청나게 벌고 좋은 일이 있을 거라 기대하겠지. 하지만 겪어 보면 고생바가지다. 추운 장바닥에서 앉아 한나절 떨어 봐도 생기는 건 거의 없을 거다.

부모들 사는 형편 빤한데 돈 귀한 걸 모르는 녀석들. 탑블레이든가 뭔가 하는 5천 원짜리 팽이를 몇 개씩 갖고 있고, 유희왕 카드를 십만 원어치 샀다 자랑하고, 딱지를 한 가방씩 넣어서 갖고 다니고. 점심밥 금방 먹고도 또 "사 먹어도 돼요?" 하는 소리를 들으면 속이 터진다. 내일 장에 가서 고생을 좀 해라. 돈 천 원 벌기가 얼마나 어려운지 뼈저리게 알게 될 것이다. 그리고 장에 가는 까닭, 또 한 가지.

다다음 주에 진로 체험 교육을 하기 위해 고학년 아이들을 서울로 데려간다는데, 거기 가면 나는 또 아무 일 없이 편안하기만 하다. 버스에 앉아 졸다가 다 왔다 하면 내리고 줄 서라면 줄 서고 설명하면 듣고 밥 주면 먹고 다시 버스 타고 돌아오고, 이게 전부다.

왜 자꾸 생활의 손때 발때가 묻지 않은 곳으로 멀어져 가서 공부를 하겠다는 것인지. 서울에 가야 아이들의 진로가 있단 말이냐.

양말 속에 발이 있고,

내 가까운 동무의 말 속에 하느님의 목소리가 있는 것처럼

진로든 뭐든 내 가까운 데 있어야 진짜지.

내가 아이들한테 물었다.

"진로 교육을 해야 한대. 너네는 진로 교육을 서울에 가서 할래, 아니면 양양에서 할래."

서울 갈래요, 한다. 그래서 서울을 가기로 했다. 의논을 마치려는데 아이들이 묻는다.

"근데 양양에서는 뭘 해요?"

"양양에 있으면 재미없어. 고기도 잡고 장사도 하고, 지난번에 쌀농사 지은 걸로 떡볶이도 만들고, 김장도 해야 하고, 그냥 고생이지 뭐."

아이들이 웅성웅성하더니 서울 안 가면 안 되냐고 묻는다.

"확실하게 해. 한번 결정하고 나면 후회하기 없기!"

다음 두 가지 가운데 하나를 선택하라며 칠판에 적었다.

1. 서울에 가서 진로 교육 받기

2. 교실에서 떡볶이 만들며 요리사의 꿈 키우기 + 개울에 가서 고기 잡으며 어부의 꿈 키우기 + 시장에 가서 돈 벌며 장사꾼의 꿈 키우기

희한하게도 우리 반 아홉 명이 모두 2번을 선택했다. 아쉽지만 우리 반은 관광버스 타고 서울 안 가게 되었다. 대신 상평 앞개울과 읍내 시장에 가기로 했다. 그래서 지난 금요일에 낚시를 갔다 왔다. 아이들 손으로 베고 다듬어서 만든 대나무 낚싯대를 들고 앞개울에 가서 고기 잡아 끓여 먹었다. 여자아이들이 아직 빼끔거리고 있는 물고기 대가리를 칼로 뚝뚝 자르는 걸 보고 나는 완전히 기가 죽고 말았다. 이제 내일은 읍내 시장이다.

11월 4일 아침.
혜원이는 호두를 가져왔다. 호두는 자기가 할아버지랑 같이 주워서 말린 거라고, 껍데기 깔 때 손이 노랗게 되도록 깐 거니까 자기 손때가 묻은 게 맞다고 한다. 상훈이는 배추와 무우를 가져왔다. 심을 때 할아버지랑 같이 심었고, 자기가 물을 줬으니 손때가 묻은 거라 한다. 찬빈이는 헛개 열매를 가져왔다. 열매를 옥상에서 말릴 때 자기가 일을 하다가 손에 가시가 들었다고 한다.

고무 대야에, 바구니에, 비닐봉지에 가득가득 채운 걸 챙겨 들고 읍내 장에 갔다. 뚜레주르 빵집 주인한테 미리 허락을 받고 빵집 계단 옆에 자리 잡고 앉았다.

고구마, 냉이, 무, 배추, 땅콩, 감, 호두……. 자리에 풀어 놓은 품목이 꽤 여러 가지다. 자기가 가져온 물건을 보기 좋게 알뜰하게 정리한다. 제법 장사꾼 흉내를 낸다. 말똥말똥 눈을 뜨고 지나가는 손님을 살핀다. 공부 시간하고는 완전 다른 눈빛이다. 교실 책걸상에서는 어긋나고 비뚤게 앉아 산만하던 녀석이 시장 바닥에 나오니 앉은 자세가 바뀌었다. 매의 눈빛, 야성의 눈빛이 되어 지나가는 손님을 살핀다.

"사세요! 사세요!"
입을 떼서 목소리를 내기 시작한다. 걱정했던 것과는 다르게 둘레 상인들이 너그럽다. 아이들을 경쟁 상대로 여기지 않는다.
"어이구, 상평에서 나왔대."
이건 얼마를 받아야 하는지, 한 뭉테기를 얼마큼씩 놓아야 하는지 친절하게 알려 주신다. 아이들 둘레가 흥겨운 놀이판처럼 되었다.
"너네, 나 아는 척하지 마. 그리고 나를 아저씨라고 불러."

나는 아이들 장사하는 자리에서 멀찍이 떨어져서 장꾼들 사이로 숨었다. 모자 쓴 할머니가 종이 상자 속에 들어 있는 하얀 강아지들 머리통을 쓰다듬으며 손님을 기다린다. 선흥식당 앞에서는 남자들이 소주를 마신다.
할머니들이 호박순, 잔고구마, 홍시, 고추튀김, 감말랭이, 미역줄거리, 과질, 헛개 열매, 민들레, 냉이, 씀바귀……, 장터에 온갖 것을 갖고 나와 소담스럽게 정성스럽게 펼쳐 놓았다. 노인네들한테는 이게 자기표

현일 것 같다.

장터를 한 바퀴 돌고 나서 다시 아이들한테 가니 아이들이 "탁샘" 부르다가 아차 싶은지 "아저씨, 이거 사세요" 한다. 나는 호두 알을 손에 올려놓고 한참을 들여다보고 품질이 썩 좋다는 듯 끄덕끄덕하다가 제자리에 놓았다. 그리고 다시 사람들 틈으로 숨어서 아이들이 장사하는 모습을 지켜보았다.

정환이 목소리가 유난히 크다. 공부 시간에는 혼자 멍하게 자기 세계에 빠져들어 소통이 안 되던 아이가 교실을 벗어나 시장 바닥에 나오니 완전 자기 세상이다.

"토란이요, 토란! 한 봉지 5천 원! 사세요!"

하더니 안 팔리니까 값을 내려서

"토란이요, 토란! 한 봉지 3천 원! 사세요!"

이래도 안 팔리니까 다시 2천 원으로 값을 내렸다.

"쌉니다아 싸아요오!"

아이들이 둘레 쩌렁쩌렁 소리쳐서 내가 좀 부끄럽다. 손님들도 점점 모여든다.

"느네 어서 왔는데?"

"느네가 농사진 거나?"

"요거는 얼매래요?"

"아유 애들이 참……."

장터에 앉은 지 두 시간 만에 다 팔았다. 원래는 아침 10시에 장사를 시작해서 두 시간 팔다가 점심시간에 짜장면을 시켜서 먹고, 다시 오후에 장사를 할 계획이었다. 그런데 점심시간 되기 전에 다 끝이 나고 말았다. 아이들이 "이럴 줄 알았으면 더 가져올걸" 하며 아쉬워했다.

체격이 큰 장사꾼 남자가 오더니 아이들이 장사를 잘한다며 칭찬한다.

"장사 또 와라. 거상이 돼라."

거상이 뭐냐고 묻는다. 돈 많이 버는 큰 장사꾼이라고 대답해 주었다. 거상은 앉았던 자리를 처음 자리보다 더 깨끗하게 하는 사람, 남에게 믿음을 줘서 장사를 점점 더 잘하게 되는 사람이라고 알려 주었다. 그래서 우리 반 거상들은 장사하느라 앉았던 자리를 아주 깨끗하게 청소하고, 짜장면 먹고 학교로 왔다.

돈을 너무 쉽게 벌었다. 그리고 너무 많이 벌었다. 적게 번 아이는 8천 원, 많이 번 아이는 2만7천 원을 벌었다고 한다. 돈 귀한 것 배우는 게 목적이었는데 거꾸로 되고 말았다.

> "호두 사가세요"
> 아줌마 한 분이 내 앞에 오셨다
> "호두 한 개에 얼마야?"
> 나는 어……
> 어…… 생각하다가
> "100원…… 100원이요!"

마음이 쿵떡쿵떡
아줌마가 무릎을 굽히고
"이거 나 다 줘."
쿵떡쿵떡 하던 마음이
야호! 하고
폭죽 터뜨린다
소리 못 지르는 슬리퍼처럼
기쁜 마음 감추고
다시 판다
이번엔 감이다.
"감 사세요!" (4학년 안혜원)

저들끼리 내년 장사 계획을 세운다. 내년에는 텃밭에 고구마나 땅콩 토란 같은 걸 더 심어서 돈을 더 많이 벌 거라고, 거상이 될 거라고, 내년에도 자기네 담임을 하라고 한다.

"너네는 돈 벌었지만, 나는 빈손이야. 고생만 했어. 담임 안 해!"

"탁샘이 무슨 고생을 했다고 그래요! 우리 일할 때 피둥피둥 놀기만 했잖아요!"

"나는 감독……."

그런데 다음 주에 떡볶이 만들려면 또 고생이다. 마늘통 가져와서 벼 방아 찧어야 하고 찧은 걸 키질해서 돌 골라야 하고 방앗간 가져가서 가래떡으로 뽑아야 하고. 그다음 주에 김장은 또 어떻게 할지. 김장을 해야 그걸로 만두를 빚는데 만두를 빚으려면 밀가루가 있어야 하고, 밀가루를 만들려면 밀을 맷돌로 갈아야 하고, 텃밭에서 거둔 밀을 맷돌로 갈고 나면 체로 쳐야 하고…….

물론, 내 손으로 할 일은 아니지만. [2016.11]

"너네는 돈 벌었지만, 나는 빈손이야. 고생만 했어. **담임 안 해!**"

"탁샘이 무슨 고생을 했다고 그래요!
우리 일할 때 피둥피둥 놀기만 했잖아요!"

"나는 감독……."

^^

춤값

"어제 점심때 김말이 맛있던데. 영양사 선생님 음식 솜씨 좋지?"

아직 교실에 있는 몇몇 남자아이들한테 말을 붙였다. 자기네도 맛있었다고 한다.

"누구 영양사 선생님 좋아하는 사람?"

하나도 손 안 든다. 한 녀석은 못 들은 척 고개 돌리고, 한 녀석은 바쁘다며 나가 버리고. 급식소 영양사 선생님한테 뭘 좀 갖다 주라 시키려고 했더니, 심부름 눈치챘나? 그럼 할 수 없이 내가 가야지, 하고 자리에서 일어서는데 상훈이가 나섰다.

"저요, 영양사 선생님 좋아요."

급식 만족도 설문지 모은 걸 상훈이 손에 들려 영양사한테 보냈다.

저렇게 착한 녀석인데, 방금 국어 시간에 괜히 야단쳤다. 수업 시간에 딴짓할 수도 있는 거니까 그냥 봐줄 걸 그랬다. 칭찬을 좀 크게 해 주자. 심부름 다녀온 상훈이에게 다른 아이들 다 들리게 크게 말했다.

"와, 심부름을 다 하네. 너도 바쁠 텐데……."

상훈이가 씨익 웃으니까 인물도 좋고 교실도 환하다.

"내가 뭐라도 주고 싶은데."

이러면 상훈이가 '안 받아도 돼요' 하고 대답을 해야 하는데, 진짜로 뭔가 받을 것을 생각하고 있는 것 같아서 내가 얼른 말해 버렸다.

"내 마음을 줄게. 사랑해."

두 손으로 하트를 날리는데 상훈이가 "햄버거요" 한다.

"햄버거?"

"그전에 아빠가 사 줘서 먹었어요."

상훈이 아버지는 따로 집 나가서 산 지 오래다. 마음 같아서는 당장 하나 사 주고 싶지만 남들 눈이 있어 곤란하다. 다음에 언제 같이 햄버거 먹을 날이 있겠지, 이러며 대충 얼버무리는데 쉬는 시간 끝, 3교시 시작종이 울리고 아이들이 교실로 들어왔다.

혜원이가 막 따진다.

"왜 상훈이만 사 줘요?"

"어, 난 사 준다고 한 적이 없는데."

"사 준다고 했잖아요! 저도 다 들은 게 있거든요!"

자기가 햄버거를 먹고 싶어서 그러는 게 아니라 평등하지 않은 게 문제라며 방방 뛴다. 성격 급한 혜원이는 그렇다 치고, 좀 전에 내가 심부름 좀 가 달라 할 때 자기는 바쁘다며 쌩하고 내뺐던 얄미운 정유안까지 덩달아 따지고 든다.

"우리도 사 주라고요!"

좀 괘씸스럽다. 언짢은 목소리로, 너는 한 게 없지 않냐 했더니

"그럼 저도 시켜 주라고요, 심부름!"

오냐, 어디 실컷 해 봐라.

"그럼 교장실에 가서 교장 선생님 앞에서 엉덩이춤 춰."

이건 인간이라면 도저히 감당할 수 있는 일이 아니다. 그런데 뜻밖의 반응,

"정말이죠? 엉덩이춤 추면 사 줄 거죠?"

설마 했는데 아무래도 실수 같다. 꺼낸 말을 다시 주워 담으려고 우물쭈물하는 사이에 아이들이 우르르 교실을 빠져나갔다. 교장실에 간다는 것이다. 교장 선생님 바빠서 안 된다고 막아서도 막무가내다. 어어어, 하는 사이에 정말로 복도 저쪽에 있는 교장실 문을 두드리더니 안으로 쏙 들어갔다. 일이 꼬인다. 보나 마나 내가 엉덩이춤 추라 시켰다고 떠벌리겠지. 교장이 나를 얼마나 한심한 선생으로 여길까.

다행스럽게도 아이들이 금방 돌아왔다. 교장 선생님이 없다는 것이다. 그래 잘됐다, 이제 그만 공부해야지, 하는데 누군가 "교장 쌤, 교무실에 있을지도 몰라" 한다. 그 소리에 다들 계단을 내려가 1층 교무실로 갔다. 에잇, 될 대로 돼라. 나 혼자 교실에 남아 책상에 얼굴을 파묻고 아이들 오기를 기다렸다.

아이들이 돌아왔다.

"췄어?"

"췄어요!"

"진짜?"

"예. 엉덩이를 요렇게 오른쪽으로 요렇게 요렇게 왼쪽으로 요렇게."

"어휴, 교장 선생님 거품 물고 뒤로 넘어간 거 아냐? 꿈에 볼까 무섭겠다야."

"사 줄 거죠?"

"……."

사 주는 수밖에. 그런데 햄버거는 양양군에 없는 물건이다. 햄버거 구하려면 속초시까지 나가야 한다. 방법을 생각해 보았다.

'내가 속초에 가서 사다 줘? 그러면 다른 반 애들이 먹고 싶어 어쩌라고. 4학년 우리 반만 현장 체험 학습을 내고 속초에 갈까? 버스 타고 속초 아바이 마을까지 가서 갯배를 타고, 청초 호수 한 바퀴 돌아보는 체험을 한 뒤에 햄버거 집에 들러서 햄버거를 먹고 오면 어떨까.'

오후에 아이들이 집에 간 뒤 교장 선생님한테 가서 물었다.

"애들이 엉덩이춤 췄다면서요?"

"뭔 소리요?"

"우리 반 애들이 교장 선생님 앞에서 췄다던데?"

그런 일 없었다고 한다. 애들 왔다 가는지도 몰랐다 하신다.

이런, 거짓말 녀석들. 이런, 배신자 녀석들.

다음 날 아침, 거짓말에 대해 진지하게 따져 보자 했더니 자기네는 거짓말 안 했다고 한다. 분명히 췄다고, "미세하게 흔들어서 교장 선생님이 못 본 걸 수도 있어요" 한다. 말투나 눈빛을 봐서 거짓은 아닌 것 같다. 거짓은 아니지만 '정직'도 아니다. 미세하게, 알게 모르게, 은근슬쩍, 적당히, 이런 속셈들이 빤히 보인다.

"우린 분명히 췄어요. 햄버거 사 줄 거죠?"

"그럼, 당연히 사 줘야지."

와아, 하며 좋아한다.

"사기는 사는데 너네한테 전달은 안 될 거야."

춤을 췄는데 춤 전달이 안 된 거랑 햄버거 사서 그냥 내 입에 넣는 거랑 그게 그거니까 아무도 내 말에 대거리하지 않았다. 말발 센 혜원이도 입을 다물었다.

"그럼 엉덩이춤 다시 해도 되지요?"

심부름 안 하고 내뺐던 얄미운 정유안이 요렇게 요렇게, 하며 엉덩이 흔드는 시범을 보이며 묻는다.

"뭐, 그러시든지."

하여튼 교장 선생님이 춤으로 인정해야 사 줄 수 있다.

"콜라까지 추가하면 안 돼요?"

콜라 추가하는 대신 엉덩이춤에 개다리춤을 끼워 넣겠다나. 좀 못마땅하긴 하지만 내가 그렇게 쩨쩨한 사람은 아니니까 그냥 고개 끄덕이고 말았다.

아이들은 쉬는 시간, 점심시간마다 교장 선생님, 교장 선생님, 불러 댔다. 교장이 수돗가로 가면 수돗가로 따라가고, 체육관으로 가면 체육관으로 따라가서는 기회를 엿보다가 "교장 쌔앰!" 불러 놓고, 교장이 돌아보면 바로 뒤로 돌아서 엉덩이 쭉 내밀고 실룩실룩.

누가 보면 우리 학교 교장은 아이들한테 인기가 엄청난 사람으로 알 것이다. 인기는 어떤지 모르지만 한 가지는 확실하다. 사람이 너무 쉽게 대가를 얻게 되면 버릇을 망치게 된다는 것, 이게 교장 선생님의 교육 방침이다. 그래서 여간해서는 만족스레 웃는 낯을 보이지 않는다.

"햄버거값 되려면 아직 멀었다."

아이들이 그 앞에서 아무리 엉덩이 개다리를 흔들어 대도 끄떡 안 하신다.

세 번 실패하고 나서 아이들 사이에 의견이 갈렸다. 치사해서 그만 관두겠다는 쪽과 이왕 자존심 상한 거 끝을 보자는 쪽으로. 남자들 다섯은 춤을 포기했고, 여자들 셋이랑 남자 하나는 자존심을 포기했다. 나도 속초에 아이들 데리고 가겠다는 계획을 포기했다. 교장이 햄버거값이 안 나오는 춤이라는데, 합격이 되려면 멀었다는데, 내가 그 말 무시하고 햄버거 사 준다 하면 교장한테 어깃장 놓는 꼴밖에 더 되겠나. 햄버거 현장 체험 학습 계획서를 올려 봤자 결재가 날 리 없다. 괜히 미움만 더 사고 만다.

수업 마치면 남자아이들은 밖에서 딱지 치고, 여자아이 셋에 남자 하나는 교실에 남아서 햄버거값이 되도록 춤을 보태고 다듬는다.

"엉덩이춤 시작! 오른쪽으로 하나, 둘, 셋, 왼쪽으로 하나, 둘, 셋, 돌리고……."

실패와 연습을 반복하며 닷새가 지났다. 춤이 망하길 바랐던 내가 나도 모르게 손뼉을 칠 만큼 춤은 괜찮은 춤으로 바뀌었다. 이만하면 정직하다. 정당한 대가를 받을 자격이 있다.

아이들은 네 번째로 교장실에 다녀왔고, 이번에는 성공은 아니지만 실패도 아닌, 제법 희망 섞인 평가를 받았다 한다.

"춤은 됐는데, 하려면 우리 반이 전체로 다 해야 합격이래요."

이래서 햄버거를 포기하고 딱지나 쳤던 나머지 아이들을 다시 설득해서 우리 반 전체가 연습을 같이 했다. 쉬는 시간에도 연습하고, 점심시간에도 연습했다.

일주일 지났다. 다섯 번째 도전. 아이들이 춤 모양이 흐트러질까 봐 줄을 쭉 맞추어 교무실로 내려간다. 언제부턴가 아이들 춤 공연장은 교장실이 아니라 교무실이 되었다. 교무실이 자리가 넓고, 그리고 공정한 심사를 할 수 있기 때문이라 한다. 교무실에서 교장, 교감, 교무, 그리고 몇몇 선생들이 아이들 춤을 보고 평가를 하는가 보다.

아이들이 교실로 돌아왔다.

"괜히 연습했어요."

"우리 춤은 빵값밖에 안 된대요."

"자존심 완전 상해요."

팔뚝으로 눈물을 닦아 낸다. 주먹으로 책상을 펑펑 치기도 한다. 아이들 춤을 본 어떤 선생님이 그 춤은 빵값, 그러니까 햄버거에서 고기 빼고 토마토 빼고 양상추 빼고 치즈 빼고 다 빼고 나머지 하나, 맨 밀가루 빵값밖에 안 된다고 한 모양이다.

"웃어요. 그 선생님이 뭔데."

그렇게 열심히 흔들어 댔는데 겨우 빵값이라니, 내가 들어도 속상하다. 내가 미안스럽다. 춤이고 뭐고 그만두고 햄버거나 먹자. 교장하고 어긋나는 한이 있어도 그냥 내 맘대로 햄버거를 사 주고 말겠다.

"합격은 못 했지만 그래도 고생했으니까 햄버거는 그냥 사 줄게. 공짜로."

별로 좋아하는 빛이 없다. 혜원이가 시무룩한 말투로 중얼거린다.

"그것도 자존심 상해요."

마지막으로, 정말 마지막으로 한 번 더 도전하기로 했다.

이제부터는 햄버거에 대한 도전이 아니라 자존심에 대한 도전이다. 체육 시간에도 체육이고 뭐고 그냥 교실에서 춤 연습을 했다.

연습, 또 연습. 주로 여자들이 동작 만들어 내고, 남자들은 어쩌다 한마디씩 보태거나 고분고분 따른다. 딴짓하려던 아이도 "너 햄버거 빠질 거지? 우리 반 안 할 거지?" 이 소리에 얼른 정신을 차리고 자기 자리 지킨다.

"너는 맨 앞에."

과잉행동장애 증세가 있어서 수업 시간에 정신이 가끔 사차원 세계에 가기도 하는 선용이를 맨 앞에 세운다. 그건 보기가 참 좋다.

"너가 중심이야. 여기 서 봐. 너가 중심이 되고, 우리는 기둥이 되는 거야. 정신 차려야 돼."

중심이 되고 나니까 선용이도 정신을 바짝 차린다.

"얘들아, 이거 포인트는 즐겁게 하는 거야. 자신 있지?"

"개다리춤 하나둘셋넷 둘둘셋넷 셋둘셋넷 넷둘셋넷, 허이!"

"앞에 네 번, 뒤로 돌아서 다섯 번 흔들어."

"요렇게 요렇게 엉덩이를 더 흔들어. 요렇게 하나둘셋넷 짠, 이렇게."

아이들 말이 보태지고 다른 동작이 보태지고 울분과 오기가 보태져서 원래 대단했던 춤이 점점 대단한 춤이 되어 갔다. 브라질 삼바도 우리 반 엉덩이 개다리 춤에 견줄 바가 아니다.

"마무리. 너, 앞으로 나와서 요렇게 엎드려. 엉덩이 더 들고."

"하나둘셋넷 빰빰 손뼉 하나둘 빰빰. 엉덩이 더 들어. 원으로 돌고."

"하나둘셋넷 자리 바꾸고. 다시 빰빰 허이!"

오, 멋지다. 감동했다. 난 이제 햄버거 큰 거 사 줘도 하나도 안 아깝다. 그게 무엇이든 붙잡고 시간을 들이면 깊어지고 넓어지고 아름다움이 깃드는 게 놀랍다. 지구본 아무 데나 손가락으로 콕 짚으면 짚은 거기가 세계의 중심이듯, 이제 우리 반의 중심은 엉덩이다. 엉덩이 실룩 개다리 달달달이다.

마지막 공연은 교실에서 펼쳐졌다.

교장 선생님 앞에서 "하나둘셋넷 둘둘셋넷 셋둘셋넷 넷둘셋넷, 허이!"

그리고 합격이란 소리 들었다. 11일 만에 성공이다. 손뼉 치며 기뻐하고 있는데 교장실로 오라고 부르신다. 아이들이 햄버거 하나씩 받아 들고는 입이 귀에 걸렸다. 고생했던 춤이 이대로 사라지는 건 아까우니까 신입생 입학식 때 축하 공연 무대에서 다시 한 번 추는 걸로 이야기 나누며 교장 선생님이 준 햄버거를 맛있게 먹었다.

그리고 며칠 뒤에 아이들 사물함에 햄버거 하나, 콜라 하나씩 몰래 넣어 놓고는 내가 한 일이지만 나는 모르는 일로 하고 마무리 지었다.

[2016.12]

4학년 김원종

4학년 안혜원

아이들 말이 보태지고

다른 동작이 보태지고

울분과 오기가 보태져서

원래 대단했던 춤이 점점 대단한 춤이 되어 갔다.

"엉덩이를 요렇게! 오른쪽으로 요렇게 요렇게! 왼쪽으로 요렇게!"

미안해 미안해 미안해

(1)

"회의할 거 있어요."

교무실 문을 열고 얼굴 쏙 들이민 아이, 우리 반 정유안이다.

"그냥 니들끼리 시작하면 안 되나?"

"얼른 오시라구요!"

커피 먹을 시간까지 빼앗기고 투덜투덜 무겁게 계단을 걸어 2층 우리 교실로 갔다.

교실에 회의가 얼마나 많은지. 좋은 일, 착한 일 회의면 그런대로 참겠는데. 침 뱉어서 회의, 책상 걷어차서 회의, 쓰레기통에 남의 물건 버려서 회의, 남의 머리에 우유를 쏟아서 회의……. 나쁜 일, 지적하는 일, 그것도 거의 한 아이를 두고 벌어지는 회의니 맘이 편할 리 없다.

이번 주 새로 뽑힌 반장 정유안이 앞에 나와서 교실 일기 공책을 척 펴

들고 읽는다.

> 상훈이가 베이블래이드 줄로 내 이마를 때렸다. 검정색 줄이다. 배이블레이드를 하는 것도 아닌데 나를 때렸다. 이마를 맞은 것보다는 미안하다는 말을 하면서 실실 웃는 게 더 기분 나빴다. 사람을 놀리는 것도 아니고. 기분 짱 나쁘다. (4학년 안혜원)

역시 상훈이 이야기다. 베이블레이드라는 플라스틱 팽이 줄로 이마를 때려 놓고는 사과랍시고 한다는 게 실실 빈말로 지껄였다는 것이다.
반장이 상훈이에게 묻는다.
"왜 때렸어?"
"그냥 그게, 그냥 내 손에 이게 있어서 나도 모르게."
반장이 혜원이에게 묻는다.
"그때 기분이 어땠어?"
"기분이 짱 나빴어."
아이들이 한마디씩 와글와글.
"베이블레이드 금지시키자."
"한 사람만 금지시키면 왕따가 되는 거라서 안 돼. 금지하려면 모두 같이 금지하자."
"나까지 금지당하기는 싫어."
반장이 상훈이를 앞으로 불러낸다.
"나오세요."

상훈이가 아이들 앞에 나와 섰다.

"우선 사과를 시작해 보세요."

"혜원아, 이걸로 너 이마 때려서 미안해."

"……."

"미안해. 미안해. 미안해. 이제 다시는 안 그럴게."

어찌 이리도 사과하는 말을 술술 잘하는지. 혜원이가 고개를 돌리며 "흥" 한다. 자기가 기분 나쁜 건 사과를 못 받아서가 아닌데, 사과를 하면서 웃었던 것 때문인데, 뭐가 빗나간 것이다.

웃는 얼굴에 침 못 뱉는다는데, 상훈이는 웃는 얼굴 때문에 손해를 본다. 심각해야 할 때 웃고, 슬퍼야 하는데 웃고, 미안한 표정을 지어야 하는데 웃는다. 사과를 할 때 픽 웃으며 미안하다 하니 상대는 놀림당하는 느낌이 드는 것이다.

아이들뿐만 아니라 방과후 교사들도 상훈이 웃는 얼굴 때문에 화가 점점 커진 게 한두 번이 아니다. 악기 안 불고 딴짓하는 아이를 일으켜 세워 놓고 "너 똑바로 할 거야, 안 할 거야!" 이러며 다그치고 있는데 피식피식 웃어 대니 참지 못하는 게 당연하다. 바이올린 방과후 선생도 폭발했고, 클라리넷 방과후 선생도 폭발해서 상훈이는 방과후 교실 밖으로 쫓겨났고, 쫓겨나는 게 되풀이되어서 1년 내내 쫓겨나고 말았다.

이번 혜원이 이마 때린 사건도 피식거리며 사과해서 일이 커졌다. 아이들이 한마디씩 한다.

"왜 입으로는 미안하다면서 얼굴은 웃고 있지?"

"진지한 표정을 지은 적이 한 번도 없어."

"벌을 받아야 한다."

"반성문 천 글자."

"똑같이 이마를 때려서 아픈 걸 알게 해야 돼."

아이들 말이 지나치다 싶다. 하지만 한편으로는 오죽하면 이러겠나 싶기도 하다. 작년에도 상훈이가 괴롭힌 것 때문에 정신과 상담을 받은 아이가 있다니 다들 얼마나 응어리가 쌓이고 쌓였을지 짐작이 간다.

벌을 줘야 한다, 대가를 치르게 해야 한다는 여러 목소리들 속에서 단 하나 다른 말, 우리 반 평화주의자 하늘이가 상훈이 편을 들어 말한다.

"이건 벌이 아니라 치료가 필요한 거야."

아이들이 잠깐 멈칫했다가 다시

"그럼 정신병원에 가서 치료받게 하자."

"맞아, 정신병원에 집어넣어야 돼."

하늘이가 그게 아니라며 말을 끊는다.

"정신병원은 너무 심해. 우리가 고쳐 보자."

나는 하늘이 의견에 찬성.

아이들도 금방 착한 마음을 내어서 벌이 아니라 고쳐 주자는 쪽으로 돌아섰다.

"그런데 어떻게 고쳐?"

"상훈이는 표정을 모르니까 표정을 알려 주자."

"표정 짓기 훈련을 시키자."

반장이 상훈이에게 물었다.

"상훈아, 받아들일 거야?"

받아들이겠다고 한다. 반성문 천 글자보다는, 이마를 맞는 것보다는, 병원에 가는 것보다는, 교실에서 표정 짓기 훈련을 해 보는 게 훨씬 고생이 적으리라는 기대를 하는 것이다.

아이들이 종이 한 장씩 가져가서 얼굴 표정을 그리기 시작했다. 웃는 얼굴, 심각한 얼굴, 후회하는 얼굴, 찡그린 얼굴, 사과하는 얼굴, 눈은 울고 있는데 입은 화내는 얼굴……. 회의 시간이 갑자기 미술 시간이 되었다.

아이들 가운데 표정 관리사를 한 명 뽑았다. 정하늘이 뽑혔다. 표정 관리사 정하늘 선생이 아이들이 그린 표정 그림을 들고 앞으로 나왔다. 상훈이를 마주 보고 앉아서는 눈을 똑바로 바라보며 말을 걸었다.

"숨 들이마시고 내쉬고, 들이마시고 내쉬고……. 멈춰!"

상훈이가 숨을 들이마시고 내쉬다가 3초 동안 멈췄다. 하늘이가 표정 그림을 척 내보였다. 눈물 흘리는 얼굴이다.

"이 그림과 똑같이 표정을 지어 봐."

상훈이가 입으로 엉엉 소리 내며 우는 표정을 지었다.

"눈물이 나오도록 슬픈 표정을 지어야지. 너는 소리만 내잖아. 다시 해 봐."

다른 아이들도 같이 해 본다며 우르르 몰렸다. 해바라기 형제들처럼 서로 얼굴을 바싹 들이대며 자기 표정이 그림과 똑같다고 서로 우겼다. 표정 관리사 정하늘 선생이 아이들 얼굴을 손가락으로 짚으며 합격 불합격을 말해 주었다. 정하늘 선생이 그다음 그림을 내보이기 전에, 마음을 진정시키는 신호를 보냈다.

"숨 들이마시고 내쉬고, 들이마시고 내쉬고…… 표정 시작!"

이번에 내보인 그림은 한쪽 눈은 웃고, 한쪽 눈은 우는 얼굴이다. 상훈이가 그림과 같은 표정을 지어 보려 애썼다.

"이 그림은 한쪽은 안 웃고 있어. 넌 두 쪽 다 웃잖아."

다른 아이들도 그림과 같아지려고 입과 눈과 코와 귀를 오물닥조물닥 움직인다. 손으로 한쪽 눈꼬리를 올리고, 다른 쪽 눈꼬리를 내리는 아이도 있다.

"미안할 땐 미안한 표정을 지어 봐. 들이마시고 내쉬고, 시작!"

이런 일로 상훈이가 미안할 때 미안해하고 미안한 얼굴 표정을 짓게 되리라는 기대는 안 한다. 하지만 먼 훗날, 동무들이 애써서 자기를 위해 뭔가를 해 주었다는 따뜻한 기억 하나쯤은 떠올리게 되기를 바란다.

(2)

또 회의가 벌어졌다. 반장이 교실 일기를 읽는다.

내가 상훈이 말 안 들어준다면서 상훈이가 내 머리를 쳤다. 그러면서도 사과 한 마디도 안 한다. ……아주 그냥 콧노래로 아리랑을 부른다. 완전 그 숨 쉬면서 하는 표정 치료도 애한테 도움이 안 된다. 선생님은 상훈이가 점점 착해진다고 그런다. 나도 그런다고 생각하고 싶다. 근데 내 머리를 건드릴 때마다 더욱 심해진다는 생각이 든다. 아니 사과를 할 거면 정중하게 하든가, 아예 하지 말든가. 머리를 쳐놓고는 응, 미안, 이게 모야. 정말 기분 울트라수퍼짱짱짱 나쁘다. 맨날 자기 말 안 들어주면 건드려놓고 아주 그냥 내가 김상훈이 종도 아니고 왜 날 치냐고…….

아이들이 한마디씩 했다.

"어제 표정 치료는 아무 소용도 없었어."

"왜 사람을 치는지 이상해."

"나도 상훈이가 좀 이상하다고 생각해. 자기 말 안 들어준다고 때리는 게 어딨어. 말로 해도 되는데. 내 말 좀 들으라고."

"말 안 듣는다고 때리는 건 심해. 상훈이한테는 혜원이가 졸병이나 신하로 보이는가 봐."

"졸병이나 신하라도 맘대로 때려서는 안 돼. 그럼 폭동이 일어나."

"내가 상훈이가 혜원이 머리 때릴 때 옆에 있었어. 혜원이가 사과하라고 하니까 상훈이가 응, 미안해, 하는데 딴 데를 보면서 응, 미안해 이랬어. 아무렇게나 성의 없이 사과해서 그래서 혜원이가 완전 빡쳤어."

반장이 상훈이한테 물었다.

"너는 어제 표정 훈련을 했는데도 아무 소용이 없어? 왜 때리는 버릇을 못 고쳐? 왜 사과를 진지하게 못 해?"

어제도 상훈이 때문에 회의를 열어서 '미안할 땐 미안한 표정 짓기' 연습을 했는데, 그게 소용없다는 얘기다.

"그러니까……."

상훈이가 대답하려 할 때 혜원이가 말을 가로채며 먼저 말했다.

"노력하고 싶은데 몸이 안 따른다는 그런 거짓말은 말고."

상훈이가 고개를 숙였다.

"나도 잘 모르겠어. 내가 왜 그러는지."

후회하는 목소리 슬픈 목소리다.

1학년 때부터 지금까지 벌을 받을 만큼 받았다. 하지만 남이 아플 때 아프겠구나 알아채고, 남이 울고 있을 때 슬프겠구나 알아채는 공감 능력이 안 생기는 데야 어쩌겠나. 내가 나서서 감싸 주고 싶지만 어쩔 수 없다. 당한 아이의 마음을 살피는 게 먼저다.

아이들이 한마디씩 한다.

"상훈이네 할머니한테 전화하자."

"그럼 상훈이는 맞아 죽어."

"학교 신문에 내자."

한 사람을 두고 여러 사람이 떠들썩하게 떠들어 대는 일.

비 맞는 강아지처럼 구석에 몰린 채 자신을 향해 날아오는 차가운 말들을 들어야 하는 일. 이 시간 이 자리를 고스란히 겪게 하는 것보다 더 큰 벌이 어디 있겠나.

아이들 말이 계속 이어진다.

"'박근혜 퇴진하라' 대신 '김상훈은 퇴진하라' 하고 광고하자."

"읍내에 있는 박근혜 퇴진 사진에다가 박근혜 얼굴 도려내고 거기에 김상훈 얼굴을 붙이자."

"읍내에 가서 '김상훈 퇴진' 광고지를 사람들한테 돌리자."

"그 광고지를 막 짓밟고 다니자."

"평생 반성문만 쓰게 하자."

1학년부터 오늘까지 온갖 괴롭힘을 당하는 동안 아이들의 마음도 상훈이와 비슷하게 거칠어졌다. 이대로는 안 되겠다 싶었는데, 듣고 있던 우리 반 평화주의자 하늘이가 먼저 나섰다.

"그런 건 도움이 안 돼. 미움받으면 점점 나빠져."

"……."

"손에 피 나면 치료하는 것처럼 마음도 치료해야 돼."

대가를 치르게 하자, 벌을 주자는 분위기가 푹 가라앉았다.

화가 부글부글 끓고 있는 공간에서도 아이들은 어른과 다르다. 마음을 건드리는 말에 훌랑 반응한다. 언제나 용서할 준비가 되어 있다.

하늘이가 말을 이어 간다.

"다른 학교에는 상담 선생님이 계셔. 잘못된 일로 상담실에 가면 조금이라도 고쳐서 온대."

"재는 못 고치는데……."

"우리는 상담 선생님이 없는데."

내가 손을 들고 말했다.

"하늘이를 추천합니다."

다른 아이들도 어쩔 수 없다는 듯 찬성했다. 그래서 어제의 표정관리사 정하늘이 이번에는 상담사 정하늘이 되었다. 하늘이가 걱정스런 얼굴로 말했다.

"그런데 조건이 있어. 내가 상훈이를 못 이겨. 상훈이가 나를 막 대하지 않도록 누가 지켜 줘야 돼."

유안이랑 찬식이가 나섰다.

"내가 쇠빠따 들고 뒤에 서서 지킬게."

"나는 굵은 몽둥이 들고 있을게."

쇠빠따나 굵은 몽둥이는 교실에 못 온다고, 그냥 내가 옆에서 지켜보기로 했다. 오늘 중간놀이 시간에 상담을 하기로 하고 회의를 마쳤다.

중간놀이 시간에 아이들은 모두 교실에서 나가고 상담사 정하늘과, 상담받아야 하는 김상훈, 그리고 김상훈을 지키는 나, 이렇게 셋이 남았다. 하늘이가 종이에다가 '나를 힘들게 하는 것'이라고 제목을 달더니 칸을 몇 개 그린다. 종이와 연필을 상훈이한테 내밀고는 또박또박 말한다.

"빈칸에, 쓰고 싶은 거, 써 봐."

상훈이가 쓴다.

'동생, 형, 친구, 할머니, 할아버지…….'

나는 두 사람의 대화를 빠짐없이 공책에 적었다. 하늘이가 묻고 상훈이가 대답한다.

"동생들은 뭘 힘들게 해?"

"나를 투명인간처럼 취급하는 거."

"그럼 너를 무시하는 거네?"

"응, 특히 현영이."

"현영이가 너를 무시해?"

"응, 그다음은 정택이."

옆에서 지켜보니 나 같은 사람은 평생 상담이란 걸 못 하겠구나 싶다. 상훈이 대답을 글자로 적고 있는 내가 속이 터진다. 4학년 녀석이 1학년 현영이 2학년 정택이 같은 애들 때문에 힘들다고 징징거리는 꼴이라니. '에이 찌질한……' 이러며 한 방 쥐어박고 싶다. 하늘이는 주먹 대신 말로 차분하게 맡은 일을 해 나간다.

"그다음엔 또 누가 힘들게 해?"

"지호."

지호는 3학년이니까 아까보다 좀 낫다.

"얘네가 너를 무시하고 너를 자기네보다도 나이 적은 걸로 생각하는 거야?"

"응, 특히 현영이. 그리고 성우. 나한테 욕하고 그래. 나는 계속 참았어."

"걔네가 동생이니까 너가 화가 나는데도 때리지를 못하는구나. 동생이니까. 계속 참아야 하는 거, 그 마음 나도 알아."

고개를 끄덕이며 상훈이 말에 반응한다.

"또 형들 중엔 누가 그래?"

"5학년 민서 누나, 6학년 준현이 형. 그다음엔 윤서, 준수 형도 그래. 교회에서도 나한테 욕하고."

"너한테 욕할 때 기분이 어땠어?"

"안 좋아. 내가 다른 애들한테 욕할 때도 그렇겠지."

"그건 너도 아는구나?"

"응."

"할머니도 너를 힘들게 해?"

응, 하고는 말을 멈춘다.

상훈이는 자기 할머니를 할머니라 하지 않는다. 할머니한테 "엄마" 한다. 진짜 엄마는 태어나서 며칠 만에 집을 나가서 본 적이 없고, 아버지도 집 나가서 "쟤는 내 아이 아니다" 선언을 한 상태라 한다. 형편을 들여다보면 어째서 녀석이 일 없이 멀쩡한 상태를 견디기 어려워하는지, 남들이 둘러앉아 두런두런 이야기 나누고 있으면 일부러 그 가운데를 뚫고 지나가서라도 말썽이 생겨야 편안한 웃음을 짓게 되는지 알 것 같다. 사랑이란 걸 좀 받아 봐야 하는데, 집에서도 학교에서도 자꾸자꾸 혼나고 미움만 받는다.

하늘이의 상담이 계속 이어진다.

"할머니는 내가 어떻게 못 하니까 못 도와줘. 너도 알지?"

상훈이가 끄덕인다.

"할머니는 요즘 나아졌어. 내가 아침에 가방에서 우유 꺼냈는데 할머니가 그걸 보고 벽에 퍽 던졌어. 그리고 욕해. 그전엔 날 때렸는데 지금은 욕만 해. 할아버지는 아직도 막대기로 때리고."

"내 생각인데, 할머니가 너한테 욕하잖아. 그게 분해서 안 풀려서 맘에 남아 있다가 남한테 푸는 거 같아. 그래?"

"내 생각도 그래."

가만가만 묻고 조심조심 거드는 말. 고분고분 대답하는 말. 가끔 한숨도 쉬며.

"그럼 너가 할머니한테 가서 니 마음 꺼내서 솔직한 마음 말해 봐."

"나도 얘기하려고 했어. 그런데 할머니한테만 가면 떠올랐던 게 없어져."

이번엔 주제가 바뀌었다.

"그러면 너, 학교 다니기 싫어?"

"응."

"왜?"

"내가 자꾸 혼나. 내가 생각을 하고 행동을 해야 하는데, 그런데 나는 먼저 생각이 안 나고 행동이 먼저 가. 그래서 자꾸 남을 괴롭히게 돼. 전에 성민이 거기 때렸을 때도 생각으로는 안 때려야 되는데, 이상하게 먼저 때린 다음에 생각이 나."

모르는 게 아니다.

자기 잘못을 잘 알고 있다. 그러면서도 안 고쳐지는 것이다.

"그건 나도 그럴 때가 있어. 나도 동생한테 화낼 때 행동이 먼저 가. 잘 안 고쳐져."

"나는 내가 왜 자꾸 그러는지 이제 그만 좀 하라고 내 손을 타이르고 싫어."
"행동이 먼저 가서 애들한테 야단맞고 사과하고 그래야 하니까 학교가 지옥이겠네?"
"응."
"너는 학교에서 하기 싫은 게 뭐 뭐가 있어?"
"방과후 오케스트라."
"또 뭐가 있어?"

이야기를 하고 있는데, 쉬는 시간이 끝나고 3교시 공부 시작하는 종이 울렸다. 아이들이 교실에 들어와서 무슨 상담을 했냐고 하늘이에게 묻는다.
"상담 내용은 아무한테도 말하면 안 되는 거야. 비밀 지켜 줘야 돼."
그래서 상담이 힘든 일이라고, 남의 말을 들어주다가 병이 나기도 한다며 내가 아는 체를 했다.

회의 마치고 상담 마치고 사나흘쯤 아무 일 없다가 그 뒤에 또 다른 일로 회의가 벌어졌다. 상훈이가 손가락만 한 장난감 레이저빔을 아이들한테 쏘고 다녔기 때문이다. 그런데 상훈이한테 안 당한 아이가 딱 한 사람 있다. 하늘이다. 자기 말 귀 기울여 들어주었던 하늘이한테만 레이저빔을 쏘지 않았다. 레이저빔 사건은 피해를 당한 아이들한테 진심이 묻어날 때까지 사과를 하고 교장 선생님한테 가서 교훈이 되는 말을 듣는 것으로 이야기가 되었다.

상훈이가 아이들 앞에 서서 사과를 한다.

"미안해."

"미안해."

"미안해."

"미안해."

"……."

[2016.11]

화가 부글부글 끓고 있는 공간에서도 아이들은 어른과 다르다.

마음을 건드리는 말에 홀랑 반응한다.

언제나 용서할 준비가 되어 있다.

"나도 잘 모르겠어. 내가 왜 그러는지."

후회하는 목소리 슬픈 목소리다.

미안해

미안해

미안해

그런 건 도움이 안 돼. 미움받으면 점점 나빠져.

……

미안해

솔방울

창밖에 눈가루 날린다.

내일은 졸업식. 눈에 힘주고 다니던 6학년은 중학생이 되고, 우리 반 아이들은 6학년이 된다. 아이들한테 A4 흰 종이 한 장씩 내준 뒤 종이를 뚫어지게 들여다봤다. 이걸로 뭐 해요, 뭐야, 하던 아이들이 더 떠들면 몸이 안 편해지겠다는 눈치를 채고는 자기네도 하나둘 숙이고 앉아 종이를 본다. 빈 종이를 이만큼 오래 들여다보는 건 나도 아이들도 처음 해 보는 일이다.

"무슨 무늬가 보여요."

"손 벨 것 같아요."

아이들 말에 대꾸하지 않고 나 혼자 정성껏 종이를 구겼다. 폈다가 다시 구겼다가 폈다를 되풀이했다. 아이들도 따라 한다. 탁구공만큼 작게 뭉쳐진 종이를 책상에 놓고 쫙쫙 폈다. 높고 낮고, 산과 골짜기와 길 같은 주름이 생겼다. 드디어 아이들한테 말을 걸었다.

“내가 뭐라고 할 것 같아?”

“…….”

“이제 헤어지니까 마음이 종이처럼 구겨졌다고 할 것 같아요.”

“6학년 되면 더 부드러워지라고요?”

원래보다 줄어들고 부드러워지고 온갖 자국과 길과 높낮이를 들여다보고 있으면 오늘 마지막 수업, 마지막 시 읽기와 관련해서 아이들 마음속에 남을 만한 뭔가 그럴듯한 이야기 하나 나올 것 같다.

이런 순간에 짜잔 하며, 삶의 등대가 되는 말 같은 걸 해 줄 수 있으면 내가 얼마나 멋진 선생일까. 종이를 구기고, 구겨진 종이를 앞에 놓고 들여다보는 데까지는 성공. 하지만 그다음부터는 막막하다.

의미라는 건 만들어 가는 것이다, 기억의 원리, 헤매며 찾아가는 것만 길이고 답이다, 뭐 이따위 말을 혼자서 떠들어 보다가 솔직히 나도 알 수 없는 말이라 그만 멈췄다.

길을 잃고 우물쭈물 하나도 안 멋지다.

서둘러 분위기를 바꿨다.

“도전 골든벨! 시 쓴 사람 맞히기.”

짝짝짝짝, 혼자서 손뼉. 그러곤 교실 책꽂이에 있던 시집들을 교탁 뒤로 옮겨 감췄다. 50권쯤 된다. 나는 책 무더기를 뒤적뒤적해서 아무 시집이나 골라 펼쳐 읽었다.

잡히는 대로 읽은 시, 1번.

파리

비 오는데
혼자 우산 쓰고 집에 가는데
비를 피해 우산 안으로 날아 들어온
파리 한 마리,
그때부터 파리가 왱왱
앞장서 집을 가네

"누가 썼을까? 하나 둘 셋!"

아이들이 자기 칠판에 답을 써서 들었다.

"곽해룡이 썼어요. 어린애 같지 않고 동물도 많이 나오고."

"도종환인가? 파리, 곤충 이런 게 나오고, 시 쓰는 법이 도종환이랑 비슷한데."

"안학수? 그 시집에도 곤충 이야기 많은데."

"안학수는 곤충이 아니라 바다 동물이지."

"아, 기억난다. 책 표지가 기억난다.《오리 발에 불났다》."

예진이와 하은이가 맞혔다. 유강희 시다.

2번 문제.

아버지 일옷

기름때 눌어 붙어서
손빨래해야만 하는 아버지 일옷은
아무리 치대고 밟아도
때가 잘 빠지지 않는다.

"여보, 깨끗하게 빨 필요 없어요.
한두 시간만 일하면 또 기름 묻을 텐데."

아버지 말씀 듣고도 못 들은 척
어머니는 치대고
나는 밟고
헹구고 또 헹군다. (《우리 집 밥상》)

"정답, 하나 둘 셋!"

다섯 가운데 네 아이가 '임길택'이라고 쓴 칠판을 들고 흔들었다.

"왜 임길택이야?"

까닭을 물으니 아이들이 자신 있는 목소리로 대답했다.

"일하고 이런 시는 임길택인데요."

"임길택 시에는 아버지 얘기가 많이 나와요. 《탄광마을 아이들》 보면."

일하는 것, 아버지 얘기하는 건 서정홍 시라고, 이번에도 예진이가 맞혔다. 이거, 다른 아이들이랑 균형이 안 맞네. 예진이는 책이란 걸 어른 책 아이 책 가릴 것 없이 읽어 대고 있으니 이런 문제에는 도가 텄나 보다. 예진이의 촐싹거리는 몸짓. 그리고 임길택이 아니라서 실망하는 네 아이의 가슴 꺼지는 소리, 후우우우.

다음, '너를 부른다'를 읽었다.
"정답, 하나 둘 셋!"
"이원수예요. 과장되지 않고 잔잔해요."
"딱딱 노래처럼 돼요."
한 아이 빼고 다 맞혔다.

정유경 시도 읽고 이안 시도 읽고, 이런저런 동시를 더 읽다가 문제 내는 사람을 바꾸었다. 준규가 나와서 읽고 내가 아이들 자리에 앉아서 맞히기를 같이했다. 나는 최선을 다해 찍었지만 거의 못 맞혔다. 아이들은 3분의 1쯤 맞혔다.
시인 맞히기 놀이에서 1등 한 아이한테 상으로 막걸리와 문집과 책 중에서 한 가지를 고르라 했다. 책을 갖겠다고 해서 〈동시 마중〉 잡지를 한 권 줬다. 못 받아서 실망하는 아이들한테는 실망할 시간을 잠깐 준 다음에, 공평하게 한 권씩 줬다.

이번에는 인기투표. 맘에 드는 시인 이름을 세 명 적어 보라 했다. 김륭도 좋고 김자연도 좋고 김용택도 좋고 누구도 좋다고 적었는데, 공통으로 들어가는 이름이 있으니, 두구두구두구……

"이원수!"

그럴 줄 알고 있었다. 내 손바닥도 넓다. 이쯤에서 미리 골라 둔 이원수 시 한 편을 꺼냈다.

솔방울

소나무는 자라서 어른이 돼도
솔방울을 갖고 노네, 아기 장난감.

바람이 불어올 때 흔들어 보고
아이들이 놀러 올 때 떨구어 보고.

소나무는 늙어서 점잖아져도
솔방울을 갖고 노네, 아기 장난감.

솔방울을 주우면 높은 가지가
우후후후 혼자서 웃고 있었네. (《너를 부른다》)

"솔방울 술이나 담가 볼까요?"

아이가 웃으며 장난으로 한 말이지만, 이런 반응도 중요하다.

시와 닿아 있고 안 닿아 있고를 떠나서, 우선 구겨 놓고 보는 것이다.

첫발은 가볍게, 장난으로, 재미로.

"상상하기 싫어도 상상이 되는데. 아무 생각 없이 앉아 있어도 장면이 떠올라요."

재성이가 자기네 집 앞은 싹 다 소나무라고, 작년에도 365일 소나무를 봤다고 했다. 이원수는 어떤 걸 보고 특징을 살려 시를 쓰기 때문에 그대로 장면이 떠오른다고도 했다.

"이원수 시는 리듬이 비슷비슷해요. '달밤'도 같아요."

준규는 글자 수를 손가락으로 세었나 보다.

"솔방울이 아기 장난감이라 했어. 다른 사람은 아기 장난감은 아기 때만 갖고 노는데, 늙으면 외롭고 귀찮은데, 늙어서도 동심 잃지 않고 살아가요."

내가 하려던 그 말을 예진이가 했다. 자라나는 어린이 입에서 '외롭다, 귀찮다, 동심' 이런 말이 나오니까 글이란 게 애를 일찍 꼬부라져 늙게 하는 건 아닌지 의심스럽기도 하다.

아름이는 "반복되는 게 노래가 되어서 좋다"고 했고 하은이는 "소나무가 우후후후 웃는다는 것과, 손으로 솔방울을 갖고 논다는 게 재밌다"고 했다.

소리 내어 읽고, 돌아가며 읽고, 몸으로 동작을 만들며 읽었다.

"소나무는"

두 손바닥 세우며 어린 소나무 표현,
"자라서"
팔을 위아래 대각선으로 쫙 펼치고,
"어른이 돼도"
두 손 높이 올리고 고개는 위를 보고,
"솔방울을"
두 손 모아 엄지손가락 붙이고 솔방울 쥔 모양,
"갖고 노네,"
손가락 움직여 꼼지락꼼지락,
"아기 장난감."
두 손 내밀어 솔방울 공 쥐고, 빨간 코 삐에로처럼 번갈아 공중으로 던지고 받기.

이렇게 시 읽으며 몸을 움직이다가, 그다음엔 입 밖으로 소리 안 내고 제자리에서 몸만 움직이다가, 그다음엔 발 옮기고 무릎 굽히며 춤을 추었다. 시 한 편 금방 외웠다. 외우다가 막히면 몸동작을 해서 다시 기억해 냈다. 시 외우라고 숙제를 낸다면 잔뜩 괴롭기만 하겠지. 시 외우는 숙제는 시를 싫어하게 하는 지름길. 그러나 시 외우기는 얼마나 즐거운 놀이인가.

동화는 한 아이의 마음에 깊이 자리 잡는다. 독자의 눈이 이야기 한 편 속에 머무는 시간이 길기 때문이다. 시는? 시는 읽어 봤자다. 아무것도 달라질 게 없다. 금방 읽고 넘어간다. 마음에 스며들 시간이 없다.

아니다. 시는 사람을 바꾼다. 한 편의 시에 오래 머물 수 있다면, 현미밥처럼 꼭꼭 천천히 씹을 수 있다면, 시가 시인의 것이 아니라 지금 이 자리 이 순간의 나한테로 와서 내 것이 될 수 있다면, 시는 한 사람의 길을 찾아 주고 한 사람의 길을 바꾼다.

"'솔방울'로 무엇을 하면 좋을까?"

솔깃한 대답은 안 나왔다.

"뒷산에 솔방울 주우러 갈까요?"

"그럼 그려요."

"연극해요."

"30년 뒤에 늙어서도 장난치며 살아요."

이렇게 대답한 준규가 30년 뒤면 내 나이보다 한 살 어리다. 나 아직 늙지 않았는데…….

"30년까지 갈 게 뭐냐. 당장 지금부터."

'솔방울' 쓴 시인이 6학년이라면 어떤 일을 벌일까, 상상하는 대로 행동해 보기로 했다.

동생들한테 가서 장난꾸러기가 되어 보자. 말을 걸고, 까불게 하고, 기쁘게 해 보자.

개한테도 새한테도 나무한테도 먼지한테도 가 보자.

아이들은 밖으로 뛰어나갔다. [2011.2]

시는 읽어 봤자다.

아니다. 시는 사람을 바꾼다.

시가 시인의 것이 아니라
지금 이 자리 이 순간의 나한테로 와서 내 것이 될 수 있다면,

시는 한 사람의 길을 찾아 주고
한 사람의 길을 바꾼다.

올해 하는 일

올해 나는 우리 마을 양수장 관리와 봇도랑 보는 일을 맡았다.

양수기로 산언덕 양수장까지 하천 물을 퍼 올려서 마을 논에 물을 대는 건데, 그때그때 물 조절하고 물길 살피고 하는 게 일거리가 꽤 된다.

처음에는 감당 못 하는 일이라며 거절했다. 틈을 못 낸다고, 몇 년 뒤 학교에서 퇴직하면 그때는 맡아서 열심히 해 보겠다고. 하지만 어른들도 사정이 있기는 마찬가지라 한다. 마을 농사꾼이라야 70대 80대가 대부분인데, 다리 고뱅이(무릎) 아픈 자기들보다야 나이 한 살이라도 적은 사람이 낫지 않겠냐고, 그냥 해 보라고.

시작하고 보니 할 만하다. 갑자기 내가 책임 있는 사람, 성실한 사람처럼 되고 말았다.

새벽 어느 만큼에 어둠 속에서 숨죽였던 나무와 호반새 꾀꼬리 물까치들, 닭과 돌매미와 냇물과 바람과 구름들이 한꺼번에 깨어나 자기 소리를 내는 시간이 되면 나도 으아아 소리 내며 깨어난다. 일어나서 마당에 세워 둔 자전거 타고 빼딱빼딱 언덕을 올라 양수장으로 간다. 가면서 마을 논에 물을 살핀다. 뉘 집 논에 물이 들었는지 말랐는지.

아침저녁으로 논두렁에 들러 허리 굽히고 살피다가 그만 애정이 깊어지고 말았다. 애정이라는 게 이런 식으로 생겨나고 자라는구나. 가까이 자세히 볼수록 길이 보이고 자꾸자꾸 설레고 예뻐지는 걸 어찌해야 하는 건지. 논이 키우고 햇빛 공기 물이 키우는 것들인데, 내가 다 키우는 것처럼 으쓱하다.

날마다 가지를 치며 굵어지고 높아지는 모포기, 모 잎사귀마다 반짝이는 이슬방울, 줄 맞추어 선 모포기 밑동에는 우렁이 올챙이 물방개 작은 물고기들이 헤엄치고, 꼬리가 짧아진 청개구리 새끼가 논두렁 풀잎 위를 폴짝 뛰고. 내가 자기들을 보듯 저것들도 내 움직임을 살피며 지들끼리 이야기 나누기도 하겠지.

애정 말고 의심이 생긴 것도 있다. 한가롭게 논바닥을 거니는 왜가리 녀석. 전에는 징경징경 뒷짐 지고 논물 보는 논 주인을 떠올리게 하는 멋진 걸음걸이였다. 마을 봇도랑 물을 보는 책임 있는 사람의 눈으로 다시 보니까 그게 아니다. 더는 한가롭게 거니는 왜가리가 아니다. 이것들이 남의 논에 내려와서 모포기를 밟아 자빠뜨리기도 하고, 논에 논김 매 주는 우렁이도 잡아먹고. 아주 미운 짓을 골라 하는 뻔뻔한 놈이었다. 예끼 이놈 손뼉 딱 치며 훠이 쫓으면 꽥 소리 지르며 훨훨 날아가는데, 그냥 곱게 가는 법이 없다. 꼭 똥을 찍 갈겨서 논물 위에 둥둥 걸죽한 흔적을 남기고 가 버린다.

새벽에 논에 갔다 오고 나면 마을 논보다 더 이야기가 있고 새롭고 낯설고 설레고 두렵기도 한 곳으로 갈 준비를 한다. 그곳에서 지낼 오늘 하루 동안 생겨나는 어떤 말도 어떤 일도 뻔한 틀에 넣지 말아야지 다짐해 본다. 자세히 가깝게 들여다봐야지. 처음 듣는 소리처럼 듣고 처음 만나는 일처럼 만나야지.

왜가리도 아니고 우렁이도 물방개도 개구리도 아닌 내가 어떤 짓을 하든 어떤 말을 하든 아이들 눈에는 그저 그런 아저씨일 뿐이겠지만, 뻔한 말을 하고 잘 삐치고 엄한 얼굴로 기를 죽이기도 하는 못난 아저씨로 보이겠지만, 뭐 보아주기만 해도 그게 어디냐. [2017.7]

하느님의 입김

1판 1쇄 발행 2017년 8월 2일

글쓴이 탁동철

펴낸이 조재은 | **펴낸곳** (주)양철북출판사 | **등록** 제25100-2002-380호(2001년 11월 21일)

책임편집 이혜숙 | **책임디자인** 하늘·민 | **그림** 조원희

편집 박선주 김명옥 | **디자인** 육수정 | **마케팅** 조희정 | **관리** 정영주

주소 서울시 마포구 양화로8길 17-9 | **전화** 02-335-6407 | **팩스** 02-335-6408

ISBN 978-89-6372-256-6 03810 | **값** 14,000원

카페 http://cafe.daum.net/tindrum | **블로그** http://blog.naver.com/tin_drum

페이스북 http://facebook.com/tindrum2001

© 탁동철 2017

이 책의 내용을 쓸 때는 저작권자와 출판사의 허락을 받아야 합니다.

* 잘못된 책은 바꾸어 드립니다.